勇破三脚怪人城

少年科幻大世界丛书

王国忠 陈渊 盛如梅 / 主编

YONGPO SANJIAO GUAIREN CHENG

广西科学技术出版社

图书在版编目（CIP）数据

勇破三脚怪人城 / 王国忠，陈渊，盛如梅主编. 一南宁：广西科学技术出版社，2012.8（2020.6 重印）

（少年科幻大世界丛书）

ISBN 978-7-80619-344-0

Ⅰ. ①勇… Ⅱ. ①王… ②陈… ③盛… Ⅲ. ①儿童文学—科学幻想小说—小说集—世界 Ⅳ. ① I18

中国版本图书馆 CIP 数据核字（2012）第 192712 号

少年科幻大世界丛书

勇破三脚怪人城

王国忠　陈　渊　盛如梅　主编

责任编辑	方振发	**封面设计**	叁壹明道
责任校对	梁　斌	**责任印制**	韦文印

出 版 人　卢培钊

出版发行　广西科学技术出版社

　　　　　　（南宁市东葛路 66 号　邮政编码 530023）

印　　刷　永清县晔盛亚胶印有限公司

　　　　　　（永清县工业区大良村西部　邮政编码 065600）

开　　本　700mm×950mm　1/16

印　　张　13

字　　数　167 千字

版次印次　2020 年 6 月第 1 版第 5 次

书　　号　ISBN 978-7-80619-344-0

定　　价　25.80 元

前　言

　　科幻小说和根据科幻小说改编成的科幻电影，常被认为是给少年儿童看的。当然，少年儿童对未来充满希望、充满幻想，他们憧憬未来科学能出现意想不到的奇迹，想知道 10 年、100 年，甚至更长的时间以后的世界会是个什么样子。然而许多成年人也喜欢读科幻作品、看科幻电影，包括大学教授、作家和科学家。在美国，《侏罗纪公园》《外星人》两部电影，是有史以来电影经济收益最高的。《第三类接触》《全面回忆》《星球大战》《疯狂的麦克斯》《异形》《终结者》等科幻影片都使成人和少年儿童入迷。与这些影片相关的小说，也成了少年儿童课余、成人业余喜欢读的畅销书。

　　科幻作品之所以令人着迷，是因为科幻作品与人类科学技术文明发展的成果血肉相连。这一特殊的文学，具有激动人心的超时代想象和积极的社会功能，极有利于激发人的创造性、想象力和科学探索精神。

　　世界上第一部科幻小说《弗兰肯斯坦》（又译《科学怪人》），通过一个双重性格的形象，揭示了人类与科学、科学与社会发展的关系及后果。后来，法国作家儒勒·凡尔纳又在科学知识基础上创作出一系列的科幻故事。他在作品中所作的预言，一次次地被科学的发展所证实。英国的乔治·威尔斯及后来不少严肃的科幻作家，把科学幻想和推理同社会学结合起来，以生动感人的小说形式，揭露了现实社会的矛盾和冲突。科幻小说这一特殊的文学，正在以发人深省的预见性和深刻的社会寓意，将人与自然，自然与社会，宏观与微观，过去、现在和未来及其变异等无所不包的疑问，推到社会面前，让人们去思考与鉴别。正因为如此，世界各国逐渐意识到科学幻想小说在青少年教育中的重要作用，早在20世纪六七十年代，有些发达国家就已将科学幻想课程列入学校教育计划。

为此，我们产生了编选一套《少年科幻大世界》丛书的想法，并准备精选一部分世界当代科幻小说的优秀作品，改写成故事，配上精美的图画。感谢广西科学技术出版社领导的支持，和全国科幻创作界的朋友们（包括港台的朋友）、翻译界的朋友们的大力帮助。现在首次与少年朋友见面的5本科幻故事，内容有关宇宙太空和异星生物的追踪和探索，科学实践与未来社会、生态平衡的破坏引发灾难、机器人与人类社会、时空转换和奇异世界历险，以及进化与变异等题材。这些作品科学构思大胆神奇，幻想色彩浓郁绚丽，寓意深刻发人深思，故事情节跌宕起伏，悬念迭起，扣人心弦，十分耐看。

这些故事不仅可以满足少年朋友对世界科幻作品的渴望，丰富他们的课余文化生活，而且有利于激起他们的创造想象力和求知的热情，引导他们去追求真、善、美，警惕假、恶、丑，从而培养勇敢的探索精神。我们殷切地期望，广大少年朋友关心这套丛书，积极提出宝贵的意见，帮助我们把这套《少年科幻大世界》丛书编得更好！

主　编

目　　录

勇破三脚怪人城

一、逃 亡

外星人入侵后，地球文明只留下了一处处废墟。然而地球人并未灭绝，他们的子孙后代仍在各地生活，只是未结成一体罢了。

有个英国小孩，名叫韦尔，他的祖辈在与外星机器人战斗中牺牲了，父母被掳往三脚怪人城，生死不明。他跟表哥乔克相依为命，在洞穴样的废墟小屋中生活。

一天，乔克闷闷不乐地告诉韦尔，按外星人法律，三脚机器人要定时给接近成年的孩子头上装上一只器件，以便控制。果然，没过几天，三脚机器人的庞大身躯出现了。它们发出吓人的呼啸声，用触角样的铁爪把乔克卷走了。

从此韦尔失去了最后一个亲人。后来，有个陌生的流浪汉来到村里，韦尔同他交上了朋友。有一天，流浪汉告诉韦尔，三脚机器人是外星怪物派来控制地球人的，它们捕杀反抗者，干了许多坏事。

流浪汉名叫奥斯曼迪亚斯，是反抗外星怪物的自由人派来的。他给了韦尔一张地图和一个罗盘针，指点他去自由

人基地——白色的群山。

一天夜里，月黑风高，韦尔把日用必需品和干粮塞进背包，便匆匆上路了。他不愿像乔克表哥那样被掳走。然而没走多远，同村好友亨利便跟了上来。他也是要逃亡的。为了不被发觉，韦尔只好带他一道走。两人摸黑赶路一夜，十分疲劳，便找到一间废弃的茅草棚，合衣而卧。韦尔过分疲劳，睡得很熟。次日清晨，韦尔醒来，不见了亨利，背包也不翼而飞，心想亨利必定害怕而溜走了，正在气恼，只见亨利挎着背包笑呵呵地回来了。他拿出面包和咸肉，递给韦尔，原来他是冒险搞吃的去了。亨利的智勇使韦尔十分感动。他决心把一切秘密向亨利公开。于是他们决定，要尽快赶到罗姆尼镇，去找奥利安号船船长。

走到第二天，他们便避开大路，深入山林，以免被人发觉。因为有几次，眼见三脚机器人在附近巡逻，还有两次遇到骑马人怀疑地看着

他们。

进了深山，他们就放胆白天赶路。他们翻过一道道山岗，跨过无数小河，一路上看到不少珍禽异兽和美丽风景，也见到几处遭到三脚机器人破坏的地球人城镇废墟。经过几天艰苦跋涉，他们终于在一天傍晚到达了罗姆尼镇。他们两次去港口，却始终找不到奥利安号。于是他们决定先去镇上买口粮，再设法寻找船长。

天渐渐黑下来。他们来到一家酒店，韦尔进去买了一只烤鸡。不料返身出门时被一个烂醉的水手一把抓住。

"孩子，别跑，跟我到船上干活去！"那水手用沙哑的声音吼道。

正在危急时，韦尔突然看见一个皮肤微黑、身材高大的水手，立刻想起这正像流浪汉要他找的那人。于是顾不得许多，立即高喊："科蒂斯船长，可把你找到了！"

那人迅速朝韦尔瞟了一眼说："放开，罗利！他是我船上的人！"醉鬼霍地站起，想打架，但科蒂斯凶猛地跨前一步，那人便乖乖坐下了。果然，正是科蒂斯船长救了他。

科蒂斯船长把韦尔和亨利带上奥利安号，当夜便启航。一路上虽有过两次风暴、巨浪，但终于在天水茫茫的大海中望见了天边陆地群山负雪的顶峰。然而，快接近陆地时，发生了可怕的事：韦尔突然听到奇怪的呼啸声。他透过舷窗，发现近海湾处出现了几个巨大的三脚机器人，它们似乎朝这边冲过来。韦尔正在担心，它们却朝左边海湾滩头转去。不过机器人过处，掀起阵阵巨浪，使奥利安号倾斜，差点儿翻掉。

黄昏时分，已见到目的地港市附近的点点渔火和模糊的帆影。泊定后，船长乘夜悄悄用小船把韦尔和亨利送到另一处僻静的港湾，并指点他们如何去找自由人基地，然后道别返回奥利安号。

韦尔和亨利踏着月色，小心地穿街走巷，打算迅速离开，免得惹麻烦。不料刚转入镇中街道，便被酒店中走出的一个大汉撞见。那人立即大叫起来。两人大吃一惊，拔脚就逃。那人紧追不舍，没两步路便牢牢抓住了他们。

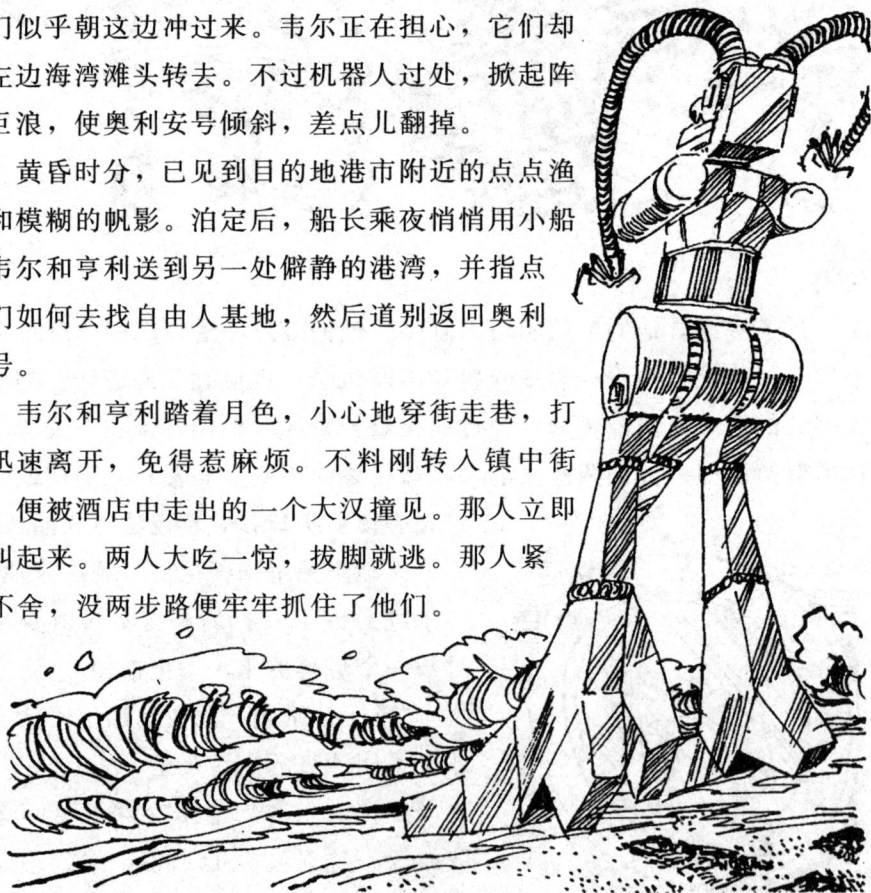

韦尔和亨利被押进酒店，里面许多
农民愤怒地责骂他们。但那种语言韦尔
一点儿也听不懂。之后他们便被关进一
间黑屋。半夜，一切沉寂后，韦尔和亨
利刚要朦胧入睡，只听门嘎吱一声开
了。一张戴眼镜的孩儿脸露了出来，并
用英语轻声说："别出声，我来救你们！"

原来冒险相救的是个法国男孩，他
也是为逃避戴机器帽子而离家出走的。
他名叫江波儿，在韦尔回答责骂声时听
出他们是英国男孩，便猜出大半，于是
决心相救。

韦尔和亨利见到江波儿智勇双全，
见义勇为，便公开了秘密，决定一起去
自由人基地，参加抗暴
斗争。

由于有了江波儿，
在异国他乡，饮食赶路
都方便多了。江波儿看
过许多书，懂得很多
事。有一次他们路过一
处城市废墟，在地铁车
厢内发现一箱金属
"蛋"。要不是江波儿看
懂那是地球人的一种武
器——手雷——在亨利
摆弄拉环时抢先扔出车

外，他们都被炸死了。从此他们把江波儿当作大哥和军师，一切听从他的安排。

又走了几天几夜，一次遇到暴雨，韦尔病倒了，一连昏睡了两天。第三天他们被一位好心的农庄女主人发现了。出于怜悯，她把三人带回了自己的红塔城堡。韦尔醒来，才知有位美丽姑娘在身边照料了他两天。那姑娘叫爱洛伊丝，是农庄主的女儿。

几天后韦尔恢复了健康，江波儿和亨利告诉他，附近发现有三脚机器人出没，不安全，必须立刻离去。三人决定私下准备干粮，乘月朗星稀时穿入森林逃走。正好次日当地要举行赛会，选出美女送往怪人城去服役。爱洛伊丝是首批被选中的。她来向韦尔告别。韦尔爱莫能助，只得依依惜别。这时江波儿和亨利已经趁人多混杂时溜走。韦尔满怀对怪人城的仇恨，决心尽早赶到白色的群山，日后救援爱洛伊丝。他悄悄溜出城堡，跨上一匹快马，避开巡逻机器人，去追赶江波儿和亨利。

不料，没跑出多远，便被三脚机器人发觉，围追上来。一条冰冷的铁爪把他卷住，捉离了马鞍。韦尔被投进机器人的大嘴，立即失去知觉，谁知次日清晨韦尔发觉自己躺在草地上。那匹马在河边吃草，三脚机器人已回到原来守卫的地方。韦尔顾不得许多，匍匐着爬进树丛，

悄悄涉过小溪，飞身上马，一路急驰，奔向约定的山口，与两个好友会集。

韦尔脱险了。他终于追上江波儿和亨利。三人钻进山林，朝自由人基地进发。到了第三天，他们身后出现了三脚机器人；第四、第五天还是甩不掉它们。第四天傍晚，他们翻过一座小山，韦尔累得走不动了，就躺下来休息，无意中发现自己胳膊上竟有一只奇怪的键钮状装置嵌在肉里。这螺丝是逃跑那天机器人给装上的。他忍着疼痛，硬是叫亨利用小刀把它割了下来。然而，机器人已逼近，无法甩掉。它们发出可怕的轰鸣和呼啸声冲了过来。江波儿迅速拿出金属"蛋"，分给韦尔和亨利，伏在灌木丛中，准备同三脚机器人决一死战。

潜入怪人城

转眼间，打头的机器人冲了上来，江波儿和亨利拉开铁环，扔出金属"蛋"。轰隆、轰隆两声巨响，火光冲天。然而机器人未受损伤。韦尔未及投"蛋"，就被铁爪卷了起来。眼看就要被投进机器人的大嘴，韦尔急中生智，顺手将"蛋"扔入……一声闷雷似的巨响，铁爪立即垂落下来。机器人冒着浓烟不动了。韦尔顺势滑到地上，拉起江波儿和亨利就跑。身后几个机器人在爆炸浓烟中又露出了庞大的黑影。幸亏三人已经挤进黑乎乎的岩石隧道。三脚机器人闹腾了一夜，终于远去。韦尔等三人才算脱险，继续赶路。没多久，他们终于赶到白色的群山。自由

人热烈地欢迎他们。

自由人基地组织严密，管理井井有条。三人先被分在学习组，除学习基础课和地球人斗争史外，每天参加耐力和举击训练，还不时参

加讨论同怪人斗争的会议。自由人首脑朱利叶斯见韦尔进步很快，江波儿不断发明有用的器械，大大表扬了他们一番。

第二年秋冬之交，怪人城将派出三脚机器人监督世界竞技会，挑选优胜者送往怪人城服役。朱利叶斯在大山洞总部召开了会议，决定选派韦尔、江波儿和一个名叫弗里茨的青年乘机混入怪人城，伺机配合自由人进攻计划。

自由人为三人戴上了机器帽子，那是根据怪人城为所有青年安装的原件精心研制的，结构完全一样，只是不起思维控制作用。他们又经过几周严格训练，便登程前往世界竞技场。

为了避免遭到怀疑，他们半途中便离开自由人的货轮，跋山涉水，历尽艰辛，半月后终于来到举行竞技的地方。那是一个大市镇，各地来的竞技能手陆续到达，所以显得十分热闹。三人在集市上买了必需品，然后住进了竞技选手帐篷。由于弗里茨恰巧是当地出生，语言习俗熟

悉，所以三人很快便被列入预赛名单。预赛前夕，弗里茨从老乡处搞来食品，三人聚餐预祝胜利。

第二天预赛，韦尔满怀信心登上了拳击场。经过两天淘汰赛，韦尔过关斩将，被送入正式选手篷；江波儿和弗里茨也取得了跳高、跳远和赛马正式选手资格。

竞技会正式开幕那天，气氛完全不同了。场地四周出现了六个庞大的三脚机器人。竞技选手们有的神色严肃，面带怒色，有的十分紧张。韦尔胸有成竹，镇静地参加了比赛。他第一轮打得十分艰苦，但一想到自由人的委托，就勇气倍增，在后几轮虽仍有胜负，但得分较高，获得了优胜，可以选入怪人城了。

弗里茨也顺利取得了田径各项优胜；江波儿跳高、跳远却在最后决赛时失利。比赛结束那天晚上，雷声隆隆，大雨倾盆，闪电撕裂夜空，仿佛拉开了惊险战斗的序幕。三人聚在一起话别，商议今后的行动。

竞技会闭幕时，三十名优胜者分成六组，被领到六个三脚机器人脚下。韦尔和弗里茨潜入怪人城的历程开始了。江波儿返回基地。

　　不幸的是，韦尔和弗里茨被分在不同的组。他们分别被铁爪抓进了机器人的大嘴，就像被怪兽吞食了一样。不过，里面是钢板分隔的小室，只有几扇小玻璃窗，室内泛着淡绿色的光。韦尔跌晕了好一会儿，才清醒过来。他发觉，竞技场和村镇已退向远方，只听见机器人行走时发出的轰鸣和尖啸声。

　　一路上，到处可见城市废墟。韦尔更增加了对外星怪物的仇恨。这样走了一个白天又一个夜晚。后来他听见隔室有人惊呼，便朝外张望。原来，在一处废墟边缘，远远地现出一座奇怪的城市：金光闪闪的城墙上覆盖着绿玻璃顶，像个庞大的气泡。那就是魔穴——怪人城。

　　接近城边时，韦尔才看出城墙高耸陡直，比机器人还高三倍，常人是无法攀登的；只有一条河从城墙下边流过。韦尔正在默记各处特征，机器人已来到城前。不知怎么的，城墙突然裂开一条狭窄通道，机器人一走过，城墙便自动闭合起来。

　　一进怪人城，就有一股强大的力量朝韦尔压来，使他一下子便跌倒在地。过了一会儿，

他适应了压力，才站起身来，但双脚仍旧像灌了铅似地沉重，四肢瘫软无力。突然，机器人嘴巴似的门打开了，铁爪把一个个优胜者抓了出去，放到一间广场似的大厅里。韦尔看到弗里茨，但两人只能对视一眼，不能说话。突然，大厅顶部射下一束蓝光，把他们罩住，同时不知哪儿传来凶狠的命令声，要他们更衣。

二、忍辱负重出奇谋

　　三十个人被分别赶进不同的房间。韦尔见里面有几个穿短衣衫的"老头"，面部皮肤焦黑，布满皱纹。韦尔按指令走上去，那些人就给他和几个同伴穿戴上奴隶的服装和防护面具。原来那些怪老头是两年前抓来的竞技能手。怪人城的气压、绿光和苦役使他们衰老变形了。他们告诉韦尔，要戴上面具当奴隶，不然很快便窒息而死。小老头领着韦尔转过几道门，突然一阵强风，满眼绿光，压力大增。他们已进入怪人城的街市，只见到处是金字塔形建筑，自动车辆也是光塔形的，里面坐着高大的怪物，其形状类似三脚机器人；街市中行走的多半是奴隶。韦尔和其余人被分别关进一间间小玻璃房，等候怪物前来挑选。

　　过了一会儿，传来一种怪声，那是三脚怪走进大厅时的喘息声，类似吼叫或沉重的呻吟。那怪物

比人高大两倍，长着三对手脚，三只眼，奇丑无比。它们挑选奴隶就像买只猫、狗那样，上下打量，还用触手拨弄、抚摸。有只三脚怪用触手轻轻擦着韦尔的身体，点了点头。韦尔感到一阵恶心。然而那怪物却把他抓进车子朝市中心一座大型金字塔驶去。

大金字塔内有两种房间，一种是怪物栖息所，里面有水池；一种是奴隶室，那里有较适合地球人呼吸的空气，但奴隶很少得到休息。从此，韦尔便成了劳动机器。不过艰苦的处境吓不倒韦尔，他决心要见到弗里茨。

一天，他送怪物主人去看机器人球赛，趁主人兴奋时，溜到球场供奴

隶休息等待的大厅，果然看到弗里茨。两人点头，交换眼色，便到一个角落里坐下。弗里茨遇到一个残暴的怪物，每天除了逼迫他干苦活外，还不时鞭打他，弄得他虚弱不堪，人憔悴得变了样。不过他忍痛已探出一些秘密。弗里茨的怪物主人好像负责怪人城机械控制中心，他曾带弗里茨到过那里。弗里茨暗暗记下了水源净化处和废水排放秘密通道，还见到衰弱无用的奴隶被送进"幸福死亡场"，推上金属板，亮光一闪，立即化为灰烬。他怕自己活不长，便把那地点的方位、特征和如何进去等等悄悄告诉了韦尔。韦尔也把三脚怪的生活习性告诉了弗里茨。

韦尔的主人像是文化科学方面的管理官员，时常带他外出。有一次，他们来到类似博物馆的建筑。韦尔发现一只大球，标着三处怪人城的方位；还有一次韦尔在一个展览馆中发现许多地球人的宝物。最令他震惊和愤怒的是，在馆里一排玻璃箱中竟然放着美女标本，那是供三脚怪赏玩的。他更感到悲痛，因为他见到爱洛伊丝也在其中。她本来是那么生气勃勃，美丽可爱，而现在却被怪物弄死，成了展品。

然而，韦尔强忍悲痛和仇恨，没有流露分

毫,相反尽量投怪物所好,设法麻痹它。怪物喜欢吸食一种气泡,他便不辞辛劳,一箱箱从仓库中搬出,那种气泡十分沉重,也不知里面是什么。奇怪的是,怪物吸食过量时会像酒醉似的浸入水池,话也多起来。有一天,它透露,四年之内将有大型飞船运来改变地球大气和气压的装备,为的是使整个地球适合它们生存。眼下它们要出怪人城,必须躲在三脚机器人控制室内。这是极重要的情报:在期限未到之前必须爆破怪人城,改变其大气构成,减轻压力,使怪物窒息,否则人类必然灭绝。他把一切暗暗记在小纸片上,放在奴隶室中,心想那里压力不同,怪物不会发现。当怪物醉倒,浸在水池中时,韦尔立即跑去找弗里茨,不料弗里茨被折磨得病倒在医院。几经周折,他们总算见了一面,相约搜集好水和大气样品,立即设法逃回自由人基地,准备反攻。

又过了几天,韦尔又跟弗里茨见了一次面。弗里茨怕被送去烧死,已带病干活。他已查出逃出怪人城的通道:地下河出入口。韦尔异常兴

16

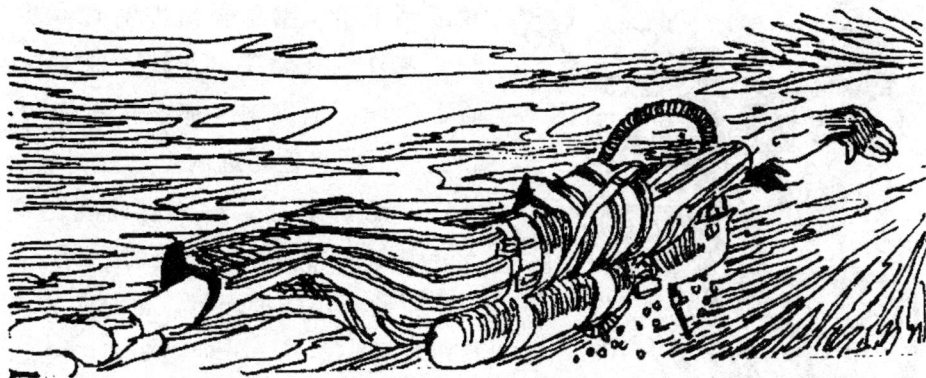

奋，每天观察各处，暗暗策划着。一天，他按时给怪物搔痒，不小心在怪物口鼻之间碰了一下。不料怪物痛得吼叫起来，卷住韦尔把他狠狠抛了出去。苏醒过来时，浑身疼痛，但心里十分高兴，因为他看到怪物似乎受了伤，一直泡在热水池中呻吟。他发现了怪物的致命弱点。然而韦尔遇到了麻烦：一天，他的笔记被发现了。它抓起韦尔说，一定是机器帽子出了毛病，便检查起控制他行动的装置，仔细抚摸韦尔的机器帽子。韦尔感到怪物触角在收紧，被抓的胸部一阵阵疼痛，于是对准怪物的致命弱点狠狠一击。怪物一声凄厉的狂吼，猛地把韦尔抛了出去。过了好一会儿，韦尔才苏醒过来。怪物直挺挺躺在池塘边上死了。韦尔明白，必须提前逃走，不然全盘计划就会暴露。

弗里茨听到消息，大吃一惊。二人隐蔽至黄昏，把装着怪人城水和空气的样品藏在身上就出发了。他们按照事先探好的路线，摸到城边。黑暗中一边寻找排水口，一边提防巡逻的怪物，天亮前总算找到了。那水是从城下排出的，盖上防护面具的排气孔，就能借助湍流从城外浮出水面。弗里茨叫韦尔先逃，他掩护。他必须赶回去安排好韦尔主人误食过量毒气泡而死的现场，以避

免遭到追击。韦尔含泪告别弗里茨，相约城外荒丘碰头，便跃人地下河。游了一段，他发现了那条排水隧道，急流一下便将他卷进洞里，立刻感到气闷。正在危急之际，前面现出亮光。韦尔拼命游去，终于浮出水面，但累得脱不掉防护面罩，也打不开面具排气孔，不一会儿便被闷死过去。

幸亏江波儿在城外侦察，发现了暗流中的韦尔，便救起了他。他们隐藏起来接应弗里茨，但等了 12 天，还不见他出来，二人只好赶回基地。

三、怪人城覆灭

自由人根据新情报，修改了作战计划，这时弗里茨也已逃出。他们一起暗暗在三脚机器人必经之路挖掘陷阱，并由韦尔骑马诱敌。果然，有个三脚机器人中计，在追赶韦尔时，中计跌入陷井。由于韦尔已掌握怪物不适应大气和地球压力的秘密，集中击毁了机器人控制室的玻璃窗，轻而易举地俘房了一个昏厥的三脚怪。自由人根据江波儿研究室的各项试验，在被囚怪物饮食中加了一些酒。果然怪物昏睡过去。于是他们决定潜回怪人城，向供水系统投放酒精，配合总攻。

韦尔和弗里茨率队深夜穿好蛙人服，从排水、进水通道潜入怪人城。他们钻出水面，躲进地窖。这儿正好靠近供水系统机房，可以听到机器运转声。韦尔和弗里茨知道这儿只有两

名怪物管理，便伺机在他们分开时动手。二人指挥突击队把几十桶酒精藏在机房外的树丛中，乘一个怪物出来时，以绳索套住它的触角，突然袭击它的致命"弱点"。由于计划周密，尽管在战斗中两名队员被抛出，受了重伤，但速战速决，没有发出过大的响声。怪物惨叫一声倒下了，鼻孔中流淌出一滩绿血。

韦尔和弗里茨立即指挥队员潜入机房供水输送管道中心，也顾不上还有一个怪物可能随时出现，立即不停地把酒精倾入管道。果然，怪物出现了，它用铁爪抓起两名队员，另两条触角卷住韦尔和另一名队员。弗里茨乘他无暇旁顾，以弩箭瞄准怪物要害，近距离射去。怪物惨叫一声，绿血飞溅，倒地死去。

韦尔和弗里茨立即隐蔽起来。到了黎明时分。他们从地穴缝隙中看到，街道上不像往常那样到处可见怪物驾车驶过，仅有几个怪物撞击金字塔家门，也是东倒西歪，走路摇摇晃晃。韦尔知道时机成熟，便率领余下队员冲入怪人城空气调节系统和气压控制中心，以事先准备好的金属"蛋"进行爆破；弗里茨率两名队员潜出城外，向埋伏的自由人部队发出进攻信号。

随着一阵阵强烈的爆炸声，怪人城动力中心被摧毁了；城外攻击部队集中轰击怪人城穹形防护罩。内外夹攻，终于打开缺口，改变了大气构成和压力，怪人城瓦解了。城内三脚怪大多因此死去，少数也已奄奄一息，活不了多久了。反抗外星怪物统治的斗争胜利了！

［英国］克里斯托弗　原作

陈　渊　程敏芳　改写

张仁康　插图

19

布克的奇遇

　　整个故事，是从布克——我们邻居李老的一只狼狗——神秘的失踪，然后又安然无恙地回来开始的。不过，问题并不出在布克的失踪和突然出现上，问题是出在这里：有两位住在延河路的大学生，曾亲眼看见布克被汽车压死了，而现在，隔了三个多月，布克居然又活着回来了。

　　还是让我从头谈起吧！

　　布克原是一只转了好几个主人的纯种狼狗。它最后被送到马戏团里去的时候，早已过了适合训练的年龄。马戏团的驯兽员拒绝再训练它。

　　我们的邻居李老，是那个马戏团里的小丑。他不但是个出色的喜剧演员，也是一个心地善良的老人。他听说马戏团决定把布克送走，就提出了一个要求：给他一年时间，他或许可以把布克教好。

　　这样，布克才成了我们四号院子——这个亲密大家庭中的一份子。实际上，它是一只非常聪明非常伶俐的狼狗。一年快结束的时候，马戏团里除那个固执的驯兽员之外，都认为不久就可以让布克正式演出了。

然而，正当布克要登台演出的前夕，不幸的事件发生了。3月3日那天晚上，布克没有回家。大家等了三天，依旧不见它的影子。

三天下来，老演员明显地消瘦了。我们院子里的人都知道这是为什么。说真的，我们还从来没见过哪一个能像李老这样爱护这只狗的。

星期日一到，我就发动院子里所有的人，到处去寻找布克。我这样做，不只是为了老演员一个人，有一大半，也是为了我那个可爱的小女儿小惠。小惠自从五岁那一年把腿跌断了，就一直躺在床上。我上工厂去的时候，虽然有不少阿姨和小朋友来照顾她，可是失去了一条腿的孩子，生活总是比较单调。自从老演员搬到我们四号院来以后，情形就好了不少。老演员、布克和小惠立刻成了好朋友。有了布克，小惠生活变得愉快了，甚至还胖了起来。可是现在……为了不叫老演员更加伤心，我简直不敢告诉他：小惠为了布克，已经悄悄地哭了三天。

那天，正好送牛奶的老王和邮递员小朱都休息。大家分头跑了一个上午，还是小朱神通广大，打听到，据两个大学生说：他们亲眼看见一部载着水泥的十轮大卡车，

在布克身上横压过去。布克当场就死去了。不过，当他们给公安局打完电话回来，布克已经不见了。

看来悲剧是已成事实。然而，布克尸体的神秘的失踪，却使这个心地善良的老演员产生了一线希望：布克也许还会回来的。

一、真假布克

事情的确并没有就此结束。隔了三个多月，有一天，我下班回家，刚走到家门口，就听见了小惠和老演员的笑声。在这笑声中，还夹着一声声快活的狗吠。

"李老一定又弄到一只狗了。"我这样想。可是一走进屋里，我简直不敢相信自己的眼睛了：这是布克！

"你瞧！你瞧！"老演员一见我就嚷开了，"我说一定是哪位好心人把布克救去了。你瞧，它现在回来了。"

布克还认得我，看见我就亲热地走过来，向我摇尾巴。老演员的一切训练，它也记得；而且，连小惠教它的一些小把戏，它也没有忘记。它当场就表演了几套。

布克的归来，成了我们四号院子这个大家庭的一件大喜事。那天晚上，大家都来向老演员和小惠道贺。可是到了第二天，我发觉这里面有些不对头的地方。我突然觉得，布克多少是和从前有些两样了。起先我只是模模糊糊地觉得这样，可是仔细地想了一下后，我就发现原来是布克的毛色和从前不同了。我的记忆力很好，我记得布克的毛色是棕黑色的，现在除了脑袋还和从前一样，身上的毛色却比从前浅了一些。我把布克拉到跟前一看，发现它的颈根有一圈不太容易看出来的疤痕，疤痕的两边毛色截然不同。两个大学生曾经一口咬定说：布克的身体是被卡车压坏了。我一

想他们的话不由地产生了一个叫我自己也不敢相信的念头：布克的身体不是原来的了！

我越是注意观察布克，就越相信我的结论是正确的。不过，我不敢把这个奇怪的念头向李老他们讲出

来。直到布克回来的第三天早晨，这件
事情也终于被老演员发觉了。

这是一个天气美好的星期天。我把
小惠抱到院子里去，看老演员替布克洗
澡。老演员忽然慌慌张张地跑进屋子里
来了。他像被什么吓着了似的，上气不
接下气地对我喊道：

"这不是布克！这不是布克！"

"瞎说！"我故意这样答道。

"不不不，我绝对不会弄错！"老演
员非常激动，"布克的左肚子下面有一
块白色的毛，它的爪子也不是这样的，
左前爪有两个脚趾没有指甲。可是现
在，白色的毛不见了，指甲也有了，身
上的毛色也变浅了！"

二、布克的第一次演出

我和李老都没有把这件事向大家讲出来。

布克演出的一天终于来到了。四号院子里的人，能去马戏场的都去了。但是在所有的人当中，恐怕不会再有比老演员、小惠和我更加激动的了。临到上台之前，老演员忽然把我叫到后台去，他的脸色很难看，指着布克说："你看看，布克怎样了？"

布克的精神看起来的确不大好。它好像突然害了什么病似的。然而，那天布克的演出还是尽了职的。这是老演员精心排练的一个节目：他突然变成了一个宇宙航行家，带着一只狗去月球航行，结果由于月球上重力比地球上小得多，闹了不少笑话。观众们非常喜欢这个新颖的节目。老演员和布克出来谢了好几次幕。最后一次谢幕的时候，老演员非常激动。他忽然一下

子跨过绳圈，把小惠抱到池子中心去了。在观众的欢呼之下，小惠叫布克表演了几套她教它的小把戏。

布克立刻成了一个受人欢迎的演员。可是，到了演出的第三天，突然又发生了一件新的事故：布克的左后腿突然跛了，只好停止演出。第二天，事情还有了新的发展。

那是星期六的下午。我和老演员把小惠抱到对面公园的大树下，让布克陪着她玩，然后各自去上班了。没想到我从工厂回来，却看见小惠一个人坐在那儿抽抽噎噎（yē）地哭。原来我们走后不久，就来了一个陌生人。他好像认得布克似的，问了小惠许多问题。最后，他告诉小惠说，这只狗是从他们实验室里跑出来的。他终于说服了小惠，留下了一张条子，把布克带走了。可是布克一走，小惠又后悔起来，急得哭了。

我打开那张便条的时候，老演员正好从马戏团里回来。那张便条这样写道：

同志，我决定把这只狼狗牵走了。从您的孩子的口中听出来，我觉得其中一定有许多误会。由于这只狼狗跟一个重要的试验有关，所以我不能等您回来当面解释，就把它带走了。如果您有空的话，希望您能到延河东路第一医学院附属研究所第七实验室来面谈一次。

一听到实验室和医院这几个字，老演员、小惠都急坏了。

"爸爸！布克病了吗？爸爸！布克病了吗？"小惠抓住我的手，着急地问。老演员呢，只是喃喃地说：

"啊！我们这就去！我们这就去！"

三、没有身体的狗头

在第七实验室里将会遇到些什么呢？老演员和我都没有一点儿心理准备。现在回忆起来固然好笑，可是在当时，我们真为布克担了许多心。

研究所比我们想象的要大得多，差不多是一幢大厦。我们在主任办公室等了半个多钟头，秘书告诉我们说主任正在动手术。李老等不及了，拉着我要上手术室去找他。我们刚走出房门，就发觉我们是走错了路，走到一间实验室里来了。我们正想退出去，老演员忽然惊呼了一声。随着他的指点，实验室里的一些景象，也不由地把我盯在地板上了。

在这间明亮而宽敞的实验室的四旁，放着一只只大小不同的仪器似的大铁柜。铁柜上部都镶着玻璃，里

面亮着淡蓝色的灯光。透过玻璃，
我们看到里面有一些没有身体的猴头和狗头，在向我们龇牙裂嘴地做着怪脸。有一只大耳朵的猎狗的狗头，当我们走近的时候，甚至还向我们吠叫起来，可是没有声音。

　　这些惊人的景象，叫我记起了一年多以前在报纸上登载过的一则轰动一时的消息：一些医学工作者使一些割掉了身躯的狗头复活了。他们还把割下来的狗头和另一只狗的身体接了起来，并且让这些拼凑起来的狗活了一个时期。他们还进行了另外一些大胆的试验，掉换了狗的心脏、肺、肾脏、腿或者别的一些组织和器官。以后，我在一次科学知识普及报告会上，进一步地了解了这件工作的意义。原来医学工作者做这一系列试验，是为了解决医疗上的一个重大的问题：给人体进行"器官移植"。因为一个人常常因为身体上的某一个器官损坏而死亡。如果能把这个损坏的器官取下来，换上一个健全的，

那么本来注定要死亡的人，就可以继续活下去。显然，这些试验如果能够获得成功，不但能挽救千千万万病人的生命，而且也能普遍地延长人类的寿命。

四、生与死的搏斗

我们终于在手术室的门口，找到了第七实验室的主任——姚良教授。他是一个胖胖的，个子不高而精力充沛的中年人。用不着几分钟，我们就弄清楚了许多原先不清楚的事情。

正和我们所猜测的一样，第七实验室在进行着器官移植的研究工作。布克那天的确是被卡车压死了。那天，实验室的工作人员被派到郊区去抢救一个心脏受了伤的病人。他们的出诊车在回来的路上，正巧碰上了这件事故。他们从时间来推测，布克的心脏虽然已经停止跳动，血液已经停止循环，可是它的大脑还没有真正死亡。只要把一种特别的营养液——一种人造血——重新输进大脑，那么，布克还可能活过来。

出诊车上正好带着一套"人工心肺机"。实验室的工作人员毫不迟疑地把布克抬到车上。他们知道：在这种情况下进行紧急抢救，比在研究所里作试验的意义还重大得多。因为在大城市里许多车祸引起的死亡，就是由于伤员在送往医院去的途中，耽搁的时间过长了。

工作人员估计得一点不错：布克接上了人工心肺机才五分钟，就醒了过来。然而，布克的内脏损伤得太厉害，肝脏、脾（pí）脏和心肺，几乎全压烂了。这些器官已经无法修复，当然也不可能全部把它们一一换下来。最后，专家们就决定进行唯一可以使布克复活的手术，把布克的整个身体都换掉……

"可是，"听了姚主任的解释，我突然记起了去年在那次报告会上听来的一个问题，我说，"姚主任，器官移植不是一直受着什么……什么'异性蛋白质'这个问题的阻碍吗？难道现在已经解决了？"

"对，问得对。"姚主任一面用诧异的眼光打量我，一面回答说，"是的，在几个月以前，器官移植还一直是医学界的一个理想。以前，

这只狗的器官移植到另一只狗身上，或者这个人的器官移植到另一个人身上，都不能持久。不到几个星期，移植上去的器官就会萎缩，或者脱落下来。这并不是我们外科医生的手术不高明，也不是设备条件不好，而是由于各个动物的组织成分的差异而造成的。这种差异，主要表现在蛋白质的差异上。谁都知道，蛋白质是动物身体组织的主要成分。科学家早就发现，动物身体组织中的蛋白质，总是和移植到身上来的器官中的蛋白质相对抗的，它们总是要消灭'外来者'，或者溶解它们。所以在以前，只有同卵双胞胎的器官才能互相移植，因为双胞胎的蛋白质的成分是最相近的……"

"这么说来,那布克呢?它也活不长了?"一听姚主任这样解释,老演员立刻着急起来。

"不,"姚主任微笑了,"我说的还是去年的情况。你们也许还不知道,现在,全世界的科学家都在寻找消灭这种对抗的方法。五个月前,我们实验室已经初步完成了这个工作。我们采用了这样几种方法:在手术前,用一种特殊的药品,用放射性元素的射线,或者用深度的冷冻来处理移植用的器官和动手术的对象。当然,一般说来,我们这几种方法是联合使用的。布克在进行手术之前,也进行过这种处理……"

"啊!"我和老演员心里放下了一块石头,"这么说,布克能活下去了?"

"不,不,"一提到这个问题,姚主任脸色立刻阴沉下来,"你们别激动,布克,你们总知道,我们对它的关心也决不下于你们。在这种情形下救活的狗,对我们实验室,对医疗科学,有特别重大的意义。它的复活能向大家证明,器官移植也能应用到急救的领域里去。可是说真的,当时我们并不知道这只狗是有主人的。这真是一只聪明的狼狗,它居然能从我们这儿逃出去!可是这一段时间的生活,显然对它是不利的。要知道,我们进行了手术以后,治疗并不是就此停止了。我们要给它进行药物和放射性治疗,这是为了使蛋白

质继续保持一种'麻痹（bì）'的状态。另外，我们还要给它进行睡眠治疗。这你们是知道的，根据巴甫洛夫的学说大脑深度的抑制，可以使机体的过敏性减低……"

"那布克……布克又怎样了呢？"我和老演员不约而同地喊了起来。

"是的，布克的情形很不好。它的左后腿就是由于这个原因才跛的。那儿的神经显然已经受到了影响。如果不是我们的工作人员偶然碰到了它，这种情形恐怕还要发展下去。我很奇怪，为什么你们没有见到我们寻找失狗的广告。布克一逃走，我们的广告第二天就在报纸上登出来了……"

姚主任忽然打住了。他犹豫了一下，突然站了起来，说："请跟我

来吧。我带你们去看看布克。不过，请你们千万别引起它的注意和激动。"

这个时候，我们的心情是可想而知的了。我觉得仿佛是去看一个生了病的孩子，更不用说那个善良的老演员有多么激动了。

我们在实验室楼下的一间房间里，看到了真正的奇迹：一只黄头黑身的狼狗；一只棕黑色的猎犬，却长着两条白色的后腿；至于那只被换了头的猴子，如果不是姚主任把它颈子上的疤痕指给我们看，我们是绝对看不出来的。这些经过了各种移植手术的动物，都生气勃勃地活着。这些科学上的奇迹，是为了向世界医学工作者代表大会献礼而准备着的。在我们看到的时候，对外界来说，还是一个小小的秘密。

在楼下的另一个房间里，我们终于看到了我们那个非常不幸，也可以说是非常幸运的布克。它已经睡着了，是在一种电流的催眠之下睡着的。几十只电表和一些红绿灯，指示着布克现在的生理状况。几个穿着白大衣的年轻的医学工作者，正在细心地观察它，服侍它，帮助它进行这一场生与死的搏斗。

姚良教授显然也被我们对布克的感情感动了。这个冷静的科学家，突然挽起我们两人的胳臂，热情地说：

"相信科学吧！我们一定能让它活下去！"

那天从研究所回家后，我好久好久都在想着一个问题。第二天早晨，我一打开房门，就看见老演员也站在门口等着我。我们用不着交

谈，就知道大家要说些什么了。

"走，我们应当马上就去找姚主任！"老演员说道。

聪明的读者一定知道，我们这次再去找姚主任是为了什么。是的，这一次，是为了我们的另一个孩子——小惠——去找这位出色的科学家的。

五、布克的正式演出

在"世医大会"上，各国的医学家们都肯定了姚良教授和他的同事们的功绩。大会一致认为：姚良教授的试验证明，器官移植手术已经可以实际应用了。换句话说，已经可以应用到人的身上来了。

正如你们所知道的一样，第一个进行这种手术的，是我那可爱的小女儿——小惠。

小惠的手术是在九月里进行的，离开大会只有五个多月。六个月以

后，小惠已经可以下地走路了。被移植到小惠身上的那条腿，肤色虽然有些不同，用起来却和她自己的完全一样。

至于布克，我想也用不着我多介绍了。自从大家从报纸上知道了它的奇遇以后，它真的成了一个红得发紫的演员了。为了满足许多人的好奇心，布克终于被允许在马戏团里演出了。

我还记得布克重新登台那天的盛况。姚良教授和我们四号院子里的朋友当然都去了。布克的节目是那天的压台戏。当表演完毕，在谢幕的时候，知道这事件始末的观众突然高声地喊了起来：

"我们要小惠！我们要姚良教授！"

戴着尖帽子，穿着小丑服的老演员，激动得那样厉害。他突然从池子那头，一个跟头翻到我们的座位的跟前。他非常滑稽地，但是又非常

严肃地向我们做了一个邀请的姿势。在观众的欢呼声中，小惠拉着姚主任的手，就像燕子似的飞到池子中间去了。

看到小惠能这样灵活地走动，就不由地叫我记起了她第一次被老演员抱到池子里去的情景。我们不知不觉眼睛激动得也被泪水模糊了。当然，你们一定知道，这并不是悲伤，这是真正的喜悦！为科学，为我们人类的智慧而感到的喜悦！

[中国] 萧建亨

陈云华 插图

危险的决定

这年的冬天来得特别早，强劲的冷风把大地的温度一股劲地往下拉。因为能源危机，前两年冬季供电不足，不仅影响了工业生产，而且连居民的取暖也成了问题，家庭主妇们个个牢骚满腹。而今年，由于工业、科技和旅游业的发展，电力供应就更成问题。为了满足日益增长的电力供应需要，康纳电力公司决定提前运转世界上第一台大容量超导发电机。

这是一种新型的发电机，它的巨大定子线圈浸在液态氦中。在这样低的温度下，导线的电阻消失了，所以它不仅效率高，而且功率可以做得很大。超导发电机已进行了多次试验性运转，工作很正常。为了确保正式运行安全，在超导发电机即将正式运行时，里查德。尼尔逊再一次走下安放电机的深井，对冷却系统进行检查。他抄录温度，

检查液氢有没有渗出隔离层……当他用电话把一切正常的测试结果通知中心控制室后，就收拾工具准备返回地面。

这时，暮色笼罩着大地，电力网的负荷不断上升，供电中心立即启动了超导发电机。巨大的转子立即飞速旋转起来。尼尔逊开始爬上井梯。就在他爬到井梯一半时，电机中发出了可怕的吱吱声，空气中充满着刺鼻的金属臭味，电流强度急剧上升，中央控制室的仪表指针在不停地摆动……突然，电机内进出一道火光，接着就是一片黑暗。

不久，井底又重新亮了起来。这时，尼尔逊的助手正好来到井边。

"哈罗，尼尔逊，你工作结束了吗?"他向井里喊道，"快上来，井里发生了什么事?"

井里没有回答。

"你受伤了吗? 尼尔逊。"

仍然没有回答。焦急不安的助手沿着梯子爬了下去，发现工程师正昏迷不醒地躺在涡轮机外壳的脚手架上。

尼尔逊马上被送进了医院，由赛达逊大夫进行抢救，两小时后尼尔逊开始苏

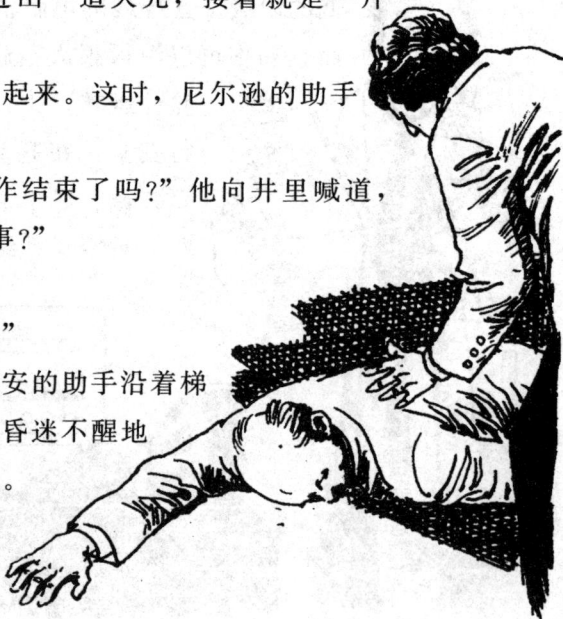

醒。经检查，尼尔逊的内脏、骨胳和肌肉都没有什么损伤，只是碰伤了几块皮肤，不过他感到头有些痛。一小时后，护士长打电话给赛达逊大夫，说病人要见他。

赛达逊走进病房，看见尼尔逊那副窘迫不安的样子，打趣地说："哈罗，工程师先生，您好些吗？找我有什么事？"

"我有些不正常……"尼尔逊喃喃地说。

"当然，您不必马上出院。可以在医院里住几天，公司不会扣您工资的。过几天您就会正常的。"

"我不是这个意思，大夫，"尼尔逊摇摇头说，眼睛里闪烁着不安的神情，"我无法看报了。"听了尼尔逊的话，大夫立即断定，由于脑袋受震，他可能得了记忆失却症。工程师仿佛已猜出大夫的心思，继续说："不，我认识这些字和句子，但我所见的一切都左右对调了，我眼睛里大概有什么东西在作怪。"说完向旁边的护士要了

一面镜子，把它放在报纸前，他看着镜中的报纸，像正常情况一样，迅速地朗读起来。

任何人都可以表现这种技巧，所以赛达逊大夫并没有去打扰他。读完报后，尼尔逊问大夫："我患的是什么病？"

"没什么，过几天就会好的，好好休息吧。"赛达逊说完就要离开。

"那么，我摔倒时，大概把右手压着了，腕关节有点痛。"工程师皱着眉头说。

"让我看看。"大夫弯下腰去看尼尔逊的右手。

"不，是这只手。"工程师抬起了左手。

"你不是说右手吗？"大夫问。

尼尔逊显得有点惘然失措，不知可否地说："难道又是眼睛在作怪吗？不，我看得很清楚，喏，这不是右手吗？"

赛达逊大夫有点诧异了，明明是左手，尼尔逊为什么一口咬定是右手呢？难道他真的有病！于是又试探地问："你身上有其他伤疤吗？"

"没有，"工程师小声地回答。忽然，他像想起什么似地说，"我右边镶过两颗牙齿。"说着张开了嘴。可以看出，两颗黄灿灿的金牙齿在左边闪烁着。

这真是一个奇怪的病，病人的左右全部颠倒了。突然，一个念头在赛达逊的脑

中一闪，他请工程师把口袋里的东西取出来。但当尼尔逊工程师从口袋里取出记事本和几个银币时，大夫怀疑自己的眼睛是否老花了，记事本上的字无论是印刷体还是手写体，都左右颠倒了。更令人惊奇的是，银币上英国女皇的头像也换了个向，上面的花纹也左右颠倒。赛达逊惊奇极了，他关照大家不要向外透露此事。他准备写一篇文章公布于世，他坚信，这篇文章一定会轰动全世界。为了弄清楚尼尔逊的病因，他决定去找超导发电机总设计师休斯博士。

休斯博士不仅是总设计师，而且还是著名的物理学家。他听了赛达逊大夫的叙述后有点将信将疑，但当工程师的记事本和银币放在博士办公桌上时，一切怀疑都烟消云散了。事情非常清楚，在尼尔逊身上发生了某种空间反演，或者说翻转，左和右换了位置。这是前所未见的物理现象，这种现象和传统的观念是如此格格不入，以至在经验范围内无法设想这种翻转是如何进行的。休斯久久没有从这个突如其来的冲击中清醒过来，以至赛达逊向他告别都没有听到，只是怔怔地注视着桌上的银币，在银币的光圈中他仿佛看见了物理学新世纪的曙光。

为了研究这一奇特的现象，休斯收集了有关事故的所有报告，根据所获得的资料判断，在极低温度下，几百万安培电流的瞬时冲击改变了空间结构，使在一个不很大的空间范围内的左和右完全翻了一个身。现在休斯迫切想弄清楚空间翻转的确切数据，于

是，他向公司董事长要求进行试验，人为地重复那天的事故。可是公司不是慈善机构，董事们可不愿再损失几百万英磅。幸好，休斯的设计模型还在，他就在模型上进行试验、计算，并取得了许多有益的数据。

某天，当休斯在埋头计算的时候，赛达逊来到他的实验室，愁眉苦脸地说："尼尔逊工程师又住院了，我原先作出一切正常的诊断是错误的。"

"他又怎么啦？"休斯诧异地问。

"他将被饿死。"

"为什么？难道公司把他解雇了？"

"不。尼尔逊的体重一直在减轻，最近又出现了严重的营养不良症。我为他开了综合维生素，但无济于事，他的体重在继续下降。"

休斯的脸色起先是疑惑不解，而后又呈现苦

恼的样子，说："我有什么办法
呢？你才是医生呀？"

"我是医生，但我尽到了自
己的责任。要帮助尼尔逊摆脱饿
死的威胁，我已无能为力，所以
我来求助于你。"

"我可以为你效什么劳呢？"

"你知道，在有机化学中，碳、氢、氧可以相互结合成十分复杂的
空间结构，即使相同数量的原子，还是可以结合成两种有机分子，它们
的空间配置不同，其中一个是另一个的镜面映像。"赛达逊像背诵有机
化学教科书似地说。

休斯有点不耐烦地打断赛达逊的话，说："这两种化合物叫做立体
异构。可是它们的物理和化学性质极其相似，主要是旋光性不同……"

"是的，它们毕竟只是相似而已，"赛达逊接着说，"近年来发现，
某种空间结构的维生素对人体是必须的，而它的立体异构体对人类却毫
无益处，不能参加人体的生物化学反应。你一定明白尼尔逊病情的严重
性，由于组成他身体的细胞的分子空间翻转了一下，因而，通常的维生
素对他的机体来讲不能吸收，就像右脚不能塞进左边的皮鞋中去一样。
尽管他能很快习惯从右向左的书写形式，但他的机体却无法习惯这一
点，他将要饿死！"

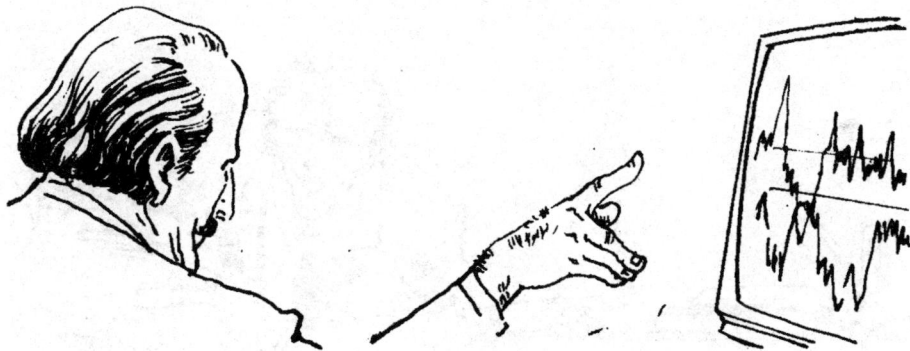

"难道不能设法生产他能吸收的那种空间结构的维生素吗?"休斯问道。

"我已请教过生物化学家,生产 1 克这种维生素 C 需要 5000 英磅。显然,尼尔逊的收入无法维持自己的生命,"赛达逊激动地说,"我是个医生,人道主义是我的最高准则,我不能眼看自己的病人饿死!康纳电力公司应该赔偿尼尔逊的损失,负担尼尔逊的一切医疗费用。"

"好吧!我试试,向董事会提出这一要求。"休斯轻声地答道。

休斯明白,在开董事会前他必须先征求董事长的意见。起初,罗伯特董事长固执地不肯让步,而休斯也坚持己见,罗伯特只得召开董事会来表决休斯的提案。在董事会上,罗伯特作了简短的开场白后,休斯介绍了尼尔逊的病情,他平静地说:"各位董事先生,正如你们已经知道的那样,由于发生了一次意外的事故,工程师尼尔逊患了一种奇怪的病。为了使你们对他的病情有一个正确的认识,请看这个!"说着休斯就拿出工程师的记事本和银币,并将它们放在桌子上,让董事们传阅着。

　　"先生们，"休斯继续说，"假如你拿着这些银币去买东西，一定不会被拒绝接受的。可是仔细看看……"休斯的话被一个兼作银行生意的董事打断了，他像发现新大陆那样激动地说："我一眼就看出来，这个银币的头像是反的。"

　　"是的。不仅头像反了，所有的花纹也都转了向，翻了个身，"休斯有条不紊地说，"先生们，记事本翻了个身不要紧，可以重新发一本，银币翻转了一下，不仅没有降低它的价值，反而使它的身价百倍，多少

钱币收藏家梦寐以求成为它的占有者……可是尼尔逊先生翻转一下，却给他带来了灾难……"此时，会场上一下子鸦雀无声，有的董事缩起了脖子，有的把自己陷进了柔软的沙发里。

休斯继续说："在这次不幸的事故之后几星期，尼尔逊身体出现了一些不正常情况，和平常人一样，他也吃东西，但无法吸收，营养中缺少了某些东西，于是尼尔逊不断消瘦，出现头晕、眼花、耳鸣。因为无法吸收一些食物的分子，他将要饿死。"说到这里，休斯故意停顿了一下，好让董事们在作出重大决定前有时间思考一下。

片刻后，休斯又说："先生们，你们当然清楚，尼尔逊是工伤，董事会必须承担他的医疗费。如何治疗呢？现在我们已经清楚，唯一的办法就是生产另一种立体异构维生素，而每制造 1 克这样的维生素，就需要 5000 英磅。"

会场足足沉默了 1 分钟后，立刻像煮沸了的水那样议论开了。

"这样我们不都要破产了吗？"一个董事喊道。

"这样公司非倒闭不可！"另一个叫着。

……

3 小时后，精疲力尽的休斯走出董事会的会议室，赛达逊大夫立即迎上去，说："怎么样？作出决定了？"

"是的，董事会决定让尼尔逊再接受一次事故。"

这次人为的事故定在第二天的上午。这天一早，休斯在紧张地做着试验前的准备。中心控制室不断发出查询信号。当一切准备就绪后，在董事长罗伯特和赛达逊大夫陪同下，尼尔逊来到了井边，他脸色苍白，像是赴刑场一样。

"是不是还要检查一次。"罗伯特关切地问。

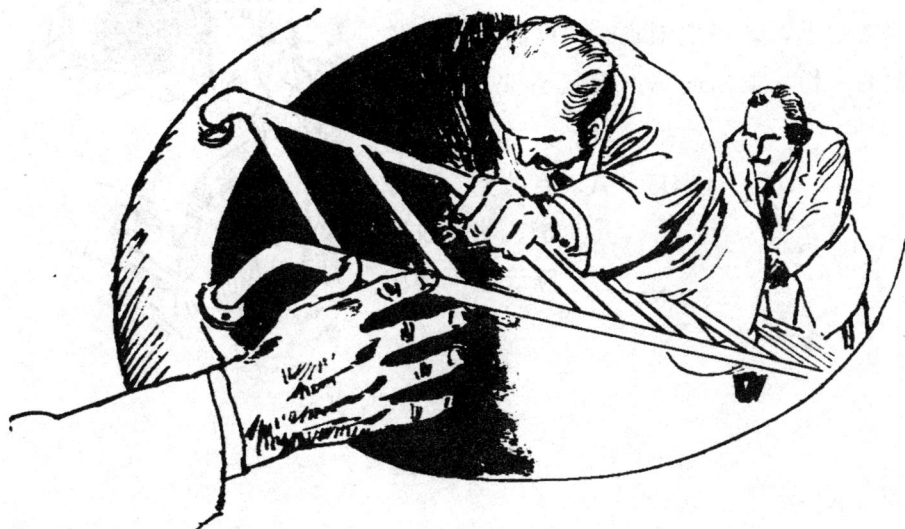

"不必了，我已检查过好多次。"休斯一边说，一边走过去和尼尔逊握了握手。

尼尔逊缓慢地爬到井里，按所吩咐的那样，站在井底中心。他那苍白的脸朝上看了看，休斯博士鼓励似地向他挥了挥手，然后迈着坚定的步伐走向仪器。他沉着地打开仪器，调整好荧光屏上的曲线，然后说了声"上帝"就合上了开关。

1秒钟内，整个建筑物仿佛抖动了一下……试验结束了。罗伯特先生不顾自己已60高龄，飞快地奔向井边，头伸过栏杆向下探望，高兴地向尼尔逊挥了挥手。当他证实，通过这次事故，尼尔逊的左和右又进行了一次翻转，从而恢复正常状态时，他紧紧地握着休斯的手，高兴地喊道："我们做了应该做的一切，尼尔逊总算得救了。"

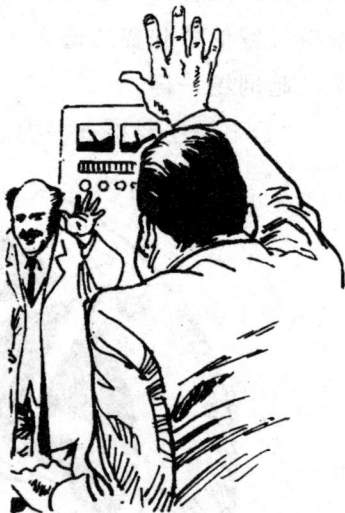

[美国] A . 克拉克　原作

李　华　改写

陈云华　插图

小行星飘流记

一艘以著名意大利学者布鲁诺名字命名的飞船结束了对木星的考察后，飞船按计划返回地球。此刻，飞船正航行在木星与火星之间的小行星带。这是宇航的危险区，因为这里有几十万块大小不等的石块，其中最大的叫谷神星，直径有 760 公里，但最小的直径才几米。如果飞船和它们相撞，那一定被撞得粉身碎骨。

发生意外事故的那天，正是数学家列尼斯在厨房值班，做医生兼炊事员恰达耶娃的助手。列尼斯的 14 岁侄子鲁别尔也随叔叔来到厨房。他们正在准备 25 人的伙食。突然，"轰"的一声巨响，恰达耶娃的后脑被什么东西猛地敲了一下，两眼发黑，失去了知觉……

醒来时，恰达耶娃感到背上、后脑和膝盖都疼痛。她忍住了呻吟，借助暗绿色的应急灯光，她看到列尼斯倒在她身边。

"你醒了吗？恰达耶娃。"列尼斯用微弱的声音说，"请去帮助一下鲁别尔，他不知怎样了？哟……我的肩……"

"啊，发生了什么事？瓦齐姆呢？"恰达耶娃想起了当领航员的丈夫，急

忙朝前舱爬去，但舱门已打不开了。她想到厨房后面还有个管道，立即穿好宇宙服从管道爬了出去。

外面是小行星奇异的景色，万米高的山峰，裸露的岩石，一片橙黄色。在 500 米外的地方，飞船发动机躺在那里，一个锋利的齿状岩石揳入飞船，客舱、指挥室和驾驶舱都不知去向，只有烧焦的小门和金属玻璃的碎块散在地上。此刻，恰达耶娃已清楚，飞船撞在了这个小行星上。她泪如泉涌地大声呼唤："瓦齐姆！瓦齐姆！"但没有任何反应。这时医生的职责使她记起了飞船里还有两个伤员，她抑制悲伤，又回到了

厨房。列尼斯除烧伤外，还有严重脑震荡，正在昏迷中说着胡话。而鲁别尔右腿脱臼，臂骨折断，也在说胡话。由于医务室同驾驶舱一起爆炸了，恰达耶娃处在既没有手术室，又没有任何药物的极度困难境地。幸好她记起了一些民间医方，为他们作冷敷，并用高压锅消毒餐刀，替列尼斯作皮肤移植手术，把鲁别尔的手臂用夹板固定。

几天后，列尼斯终于清醒了，他嘶哑地说："水……"

恰达耶娃把水壶端到他的唇边，他摇摇头吃力地说："水……食物，有多少？够几天？"

"不必担心，水和食物的储备是充足的，因为厨房还完整无损。"恰达耶娃安慰道。

"我们得想法搬到一个安全地方去，"列尼斯说，"这里不安全，有陨石雨袭击的可能。"那么搬到哪里去呢？恰达耶娃帮助列尼斯穿上密封宇宙服，一同走出厨房。

在小行星上行走毋需用力，因为引力很小，每迈一步可跃过 100 米远。当他们跨过一个 10 多米的深沟时，列尼斯就指着深沟说："就搬到这个深沟中吧！陨石不能垂直落到深沟里来。"

由于列尼斯身体尚未复原，所以重活只好由恰达耶娃来干。幸好，地球上几吨重的东西，在小行星上只有几十公斤，所以搬家

并不困难。但小行星的自转周期是 4 小时，两小时白天，两小时黑夜，又没有大气层，所以白昼和黑夜的交替是骤然进行的。当夜幕降临时，伸手不见五指，所以事情只好在白天干。花了几天时间才把这个家搬进了深坑。

　　为了维持生命，人必须吃、喝、穿、住，还要呼吸空气。现在，他们的处境是水足够用，因为它是飞船的燃料，只要节省地用，可以维持好几年；食用也不愁，厨房的储藏室里储藏着可供 25 人吃的浓缩食物，各种营养制品、酒、水果罐头和点心，足可以供他们 3 人吃上几年；衣着方面有些困难，除了身上穿的一套外，其余都在飞船的卧室里，在飞船失事时一起毁坏了，幸好厨房里有些桌布、

餐巾，恰达耶娃用它们为三人缝制了一些衬衣，特别是用自生塑料制成的宇宙服也保存了三件。这种衣服不怕损坏，稍有小洞，它能自行生长而立即补好。最令他们担心的是空气，因为在叔侄两人处于昏迷状态时，恰达耶娃毫不吝啬地使用压缩氧气。但氧气终究要用完的，现在得想办法，寻找新的氧气来源。

在飞船离开地球前，为了防止飞船在太空中因遇意外事故而出现缺氧现象，在飞船的温室里培育着一种深水红藻球，它们能吸收人呼出的二氧化碳，同时放出氧气。可惜的是温室给损坏了，他们花了很大气力，才从损坏的红藻球中收集了46盆红藻球。恰达耶娃小心地用小刀剖开一只红藻球，一股臭味扑面而来，再剖一只，也是一样，第三，第四……都发出难闻的臭味，说明红藻球都死了。恰达耶娃叹了口气，劳累和苦恼使她丧失了信心。

"要有信心，"列尼斯说，"要生存下去，就必须有耐心。"

怎么办呢？再试试看，也许已经死亡的红藻球中细胞并未全部死亡，总会有一些生命力强的细胞。于是，他们倒去脏水，注上清水，再加盐和酶素，然后放到阳光下。一天，二天，三天……水一点也没有变红，说明红藻球的细胞没有活，而此时的压缩氧气只够供应5天了。这时，列尼斯想，不应从完整的红藻球中去寻找生命力强的细胞，应从红藻球的碎片中去寻找，那里的细胞也许

处于冬眠状态，有可能复生。他们再次在所有的盆里注入清水，然后放入收集到的红藻球碎片。为了减少氧气的消耗，他们坐在盆前静静地等待着。一天，二天，三天……最后一天到来了，氧气只够维持半个小时，看来生的希望已没有了，他们站起来，相互拥抱告别……

"叔叔，你看，这盆水有点发红！"鲁别尔突然惊叫起来。

"什么？"列尼斯和恰达耶娃同时惊喜地问道。确实，其中几只盆中的水呈现浅红色，这意味着红藻球复活了，三个人的生命得救了。

现在这三名幸存者总算有了继续生存下去的基本条件。不久，苦闷也伴随空间而来，恰达耶娃想念已经牺牲的丈夫瓦齐姆和远在地球上的儿子米沙，不知今后还有没有可能再见面……但鲁别尔知道了自己处境而愁云涌上他天真的面容时，恰达耶娃感到必须把母爱倾注到鲁别尔身上，她除了生活上关心照顾鲁别尔，还和列尼斯一起给鲁别尔讲解物理、数学、化学、生物等功课。

当列尼斯和鲁别尔两人的身体康复后，恰达耶娃建议对小行星进行考察。起初，他们的考察范围仅为附近的几十公里，后来逐渐作远距离考察，花了按小行星昼夜计算的半年

时间，他们终于对这颗小行星有了较为详细的了解。这颗小行星的形状像一只起伏不平的"梨"，长约100公里，宽约60公里，"梨"的顶端是一座高约二万米的山峰。

他们决定攀登这座高峰。在小行星上，爬山的方法也是独特的。他们简直不是在爬山，而是跳山。白昼来临时向上跳两小时，黑夜降临时就地坐两小时。就这样，他们跳跳停停，不久就登上了顶峰。从山顶向下望去，这颗小行星就像在宇宙海洋中飘泊的一艘巨轮。鲁别尔高兴极了，大声喊着："喂，你这颗小行星，我命令你向太阳的右侧全速前进。"

突然，恰达耶娃发现山的另一侧有一座城镇，那里有三角形的房屋、广场、辐射状的街道，还有一条大路直通高山。她简直不相

信自己的眼睛，她发呆了。1分钟后，城市消失了，恰达耶娃怀疑是自己过于想念故乡而产生的错觉，可列尼斯和鲁别尔像坚信自己存在一样，确信小行星上有这么一座城市。

他们决定向那座幻影中的城市方向前进。他们顺着山坡下山，不久又翻过几座小山头，来到一个深谷。沿着这条山沟继续前进。突然，他们发现沟那边有一座拱形的石门。三个人顿时紧张得心脏似乎要从胸腔里跳出来似的。他们进了石门后，发现里面是一条很长的地道，穿过地道，终于来到一座楼房前。毫无疑问，智慧生物曾到这里来过。那么，他们是谁？从何而来？在这里又干了些什么？列尼斯多么希望能从这里找到一些地球上所没有的图书资料，而鲁别尔相信里面一定有和自己年龄相仿的男孩，恰达耶娃则期望里面有一架大功率的无线电发射机。

门被打开了，他们小心翼翼地走进黑洞洞的房间，室内什么人也没有，静悄悄的，只有地上成堆的金属薄片。

"是黄金！"列尼斯叫道，"大概是一批宇宙海盗把这颗小行星作为他们的大本营。"列尼斯的话并没有引起恰达耶娃的兴趣，相反，恰达耶娃感到大失所望，因为成吨的黄金换不到一块面包，一口空气，甚至1秒钟的生命。

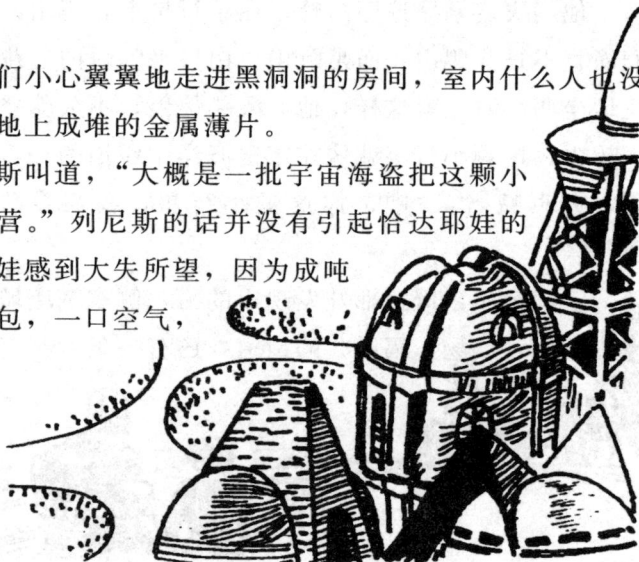

"阿姨，我们几时能回地球去呢？"鲁别尔突然问道。

"飞船失事地球肯定知道了，但要在成千上万颗小行星中找到我们是非常困难的，因此，回去的希望是很小的。"

"不能发个电报回去吗？"

"我们的发射机功率很小，只能传送100公里的距离。"

列尼斯听了恰达耶娃和鲁别尔的交谈，忽然回忆起昨天从百科全书 A 卷中读到的内容：无线电望远镜的抛物面天线具有一万的方向系数……于是，列尼斯有了一个新的设想：如果把我们已有的发射机发出的无线电波通过抛物镜面变成一束射线，那么电波的射程不是可以增加一万倍吗？何况这四五年来，地球上的科学技术在迅猛发展，接收和放大极微弱信号的能力一定也有很大的提高。

列尼斯的想法立即得到了支持。他们说干就干，马上把食物、工具搬进这座城市，准备用黄金来做抛物镜面。他们足足花了六个月的时间，终于将抛物面金属丝网编好了，接着又

做了一个可以转动的支架并把编好的抛物面天线安装在支架上。当蓝色的地球快要通过天顶时，三个人围着抛物面天线静静地等待着。放在抛物面天线焦点上的收音机传来了沙沙声，却没有来自地球的信号。正当他们感到失望时，鲁别尔突然大叫起来："听到了！听到了……"在宇宙噪声背景中，传来了轻微的来自地球的乐曲声。恰达耶娃听着，听着，流下了幸福的泪水。

既然接收地球的信号成功了，那么根据可逆原理，通过这架天线也能向地球发射信号。

第二天，当地球经过天顶时，载着 SOS！SOS！……信号的电波从

抛物面天线直向地球射去。从此，他们的生活开始具有新的意义，每个人都充满着生还地球的希望。

第三天，地球又经天顶时，SOS！SOS！信号又响个不停。

令他们失望的是，SOS 信号已连续发射了近一年，但像石沉大海一样，仍没有飞船来营救他们。然而，食物储备越来越少了，食用水已快用尽，这一年中，由于陨石雨的袭击，一些红藻球被打死，又因为不可抗拒的生命规律，有些红藻球的效率也越来越低，濒临死亡。到目前为止，剩下的氧气只够 40 天了。难道生命真的走到了尽头吗？难道他们白白受了 4 年的折磨和煎熬所换来的仍然是死亡吗？

时间仍在一天一天地过去，现在氧气只够 10 天了。列尼斯失望地说："是什么延阻了您的到来，地球上的亲人们，难道你们没有听到我们的呼救吗？"

氧气越来越少了，人也感到很疲惫。尽管如此，他们还是决意临死

前在这颗小行星上立一块石碑，上面刻着："一九九六年×月×日：'乔尔丹诺·布鲁诺号'宇宙飞船全体成员在此蒙难……"

……

今天是最后一天了。清晨，恰达耶娃拉着鲁别尔，和列尼斯一起走出住所，想最后一次望一望天上那颗蓝色的星星，向那亲爱的地球告别。

"小米沙，我亲爱的宝贝，你现在在干什么？想你的妈妈吗？"恰达耶娃喃喃自语，泪水模糊了她的眼睛。

在朦胧中，她仿佛看见远处天空中有一个黑影在移动。

"飞船！飞船！"鲁别尔高兴得大叫起来。

天空中，一艘飞船的外形越来越清楚了。飞船正向小行星飞来。三人挥舞着双手，拼命地喊着。这时，耳机里传来了陌生而又亲切的声音："你们好，朋友们，你们是'布鲁诺号'飞船吗？"

"是的……我们是……"恰达耶娃喃喃地说，眼睛润湿了，流下了幸福的泪水。

"我们正在火星考察，接到地球发出的命令就立即赶来了。你们受苦了，我们向你们表示慰问。"

"谢谢你们，朋友们……"三个人大声叫道。

〔俄罗斯〕古列维奇　原作

李　华　改写

陈云华　插图

起死回生的手杖

一、一车死猪

说句不科学的话：风伯伯准找个阴凉的地方睡午觉去了，要不怎么会一丝风也没有呢？这七月底太阳当顶的时候，真要闷死人啦！

这儿是一个不太大的火车站。站上的工作人员正把一节货车往岔道上推。看来这节货车是刚开过的那趟列车甩下的。

车站外头，在沿着铁路的公路上，两个男人骑着自行车直驶过来。瞧他们那紧张的劲儿，就像参加 3000 米自行车决赛似的。一眨眼，两辆车都冲到车站前面，两位骑手跳下车来，一齐冲进了车站的大门。

"真不巧，小杨！"走在前面的大个子拉下围在脖子上的毛巾，一边擦汗一边说，"40头种猪，赶上这么个热死人的天气，路上又不知道走了几天。要是照料得不好，不定要热死几头哩，"

"不至于吧，张村长，"紧跟在后面的小伙子用手背抹了抹额角上的汗，皱着眉头说，"发货人总不至于那样没有经验吧！"

小杨这话，分明是让那个大个子——张村长宽一下心的。小杨在张村长手下当了三年的饲养员，他知道张村长凡事总爱往坏处想。可是经验告诉他，事情也不见得都像张村长想的那么坏。不过话也得说回来：长途运输，猪死鱼臭水果烂的情况也不可能完全避免。这是常识。小杨想到这里，不由得又皱了皱眉头。

两个人冲到货运组的柜台前面，张村长从口袋里掏出一叠纸。塞在管理员手里，不等人家看清楚，他就大声嚷起来：

"快！快带我们去提货！我们是豚园村的。"

"反正不是到了吗？"货运管理员被催得莫名其妙，"什么货用得着这样急！"

"活猪！"张村长喊道，"还这么慢吞吞的，死了你负责！"

一听说"活猪"，货运管理员

哪儿还敢怠慢。他急忙走出柜台，带了这两个提货人赶到方才推上岔道的那节货车前面。

货车的门关得紧紧的，门闩上系着铁丝，铁丝上还卡着个封门用的小铅饼。张村长一看这情形，立刻又嚷起来：

"怎么？还封着门儿来的？把沿途护送的饲养员也封在里头了怎么着？这可真保了险啦！"

小杨把耳朵贴在车门上听了一会，眼珠子打了几个转。

"咦！"他也叫了出来，"听不见猪的叫唤。是这节货车吗？有这么运活东西的吗？"

货运管理员拿起封门的小铅饼，看了看压在上头的字。

"那还有错！"他随手扭断铁丝，使劲推开了车门。

张村长急忙把脑袋伸进车门去望了望。

"错了！"他说，"这是一车面粉——是粮食车。"

"哪有的事！"货运管理员翻身跳进门去。

两位提货人也跟着跳上了

车。车厢里面比太阳地里暗得多，可是地上明明平放着许多胖墩墩的面粉袋。三个人闭了闭眼睛再仔细看，咦，奇怪，这些面口袋都毛茸茸的，好像是毡毯缝的一般，袋口上还扎着两个角哩。咦，这不是猪的耳朵吗！再蹲下身子一看，还眼睛鼻子一应俱全——是清一色的纯种大白肥猪。

"糟了！糟了！"张村长急得直拍大腿，"咱们订的是做种用的活猪，发这些宰好了又没刮掉毛的肥猪来干吗？"

"也许弄错了吧？"小杨对货运管理员说，"这批死猪也许是别处订的。"

"要是真的，弄错了，发货站得负责！"货运管理员搔搔头，急忙念手中的提货单：

"'发货人：回春种猪场。收货人：豚园村。'这不写得清清楚楚的吗？'编号：R—1065'。"

他逐个检查系在死猪尾巴上的标签，嘴里喃喃地念道：

"'R—1065'，'R—1065'，这一头也是'R—1065'，没错！"

"还没错！"张村长真有点火了，"提货单上明明写着：'活猪40头'。你们给运了什么来了！"

他没好气地朝一头死猪的肚子上踢了一脚。

"这……这……"货运管理员急忙指着提货单说，"这儿明写着嘛，'途中如有死亡等情况，与承运路局无涉'。"

"是发货人写的吧？"张村长更火了，"那就找他们负责！"

"这是你们双方的事呀！"

货运管理员加了这样一句，事情就闹得更僵了。张村长脸胀得通

红，气得一句话也说不出来。倒是饲养员小杨机灵。他要过提货单来看了看，对村长说：

"张村长，咱们在这儿也吵不出个名堂来，提货单上有发货人的电话号码。咱们请站长给咱们挂个长途电话，把情况告诉发货人，看他们打算怎么办。"

张村长想了想，此外也没有更好的办法了，只得说：

"对，一定得追究责任！"

他拉着小杨，一阵风似地向站长室跑去。

二、树上的泥罐

长途电话挂了半个多小时才挂通。张村长急得像什么似地，对着话筒像放连珠炮似地又说情况，又提质问。对方的回答却出乎意料地平静，他们说根据张村长所说的情况，种猪的健康情况极为正常，照料种猪的技术员随后就到，乘的是 3003 次客车。如果有什么问题，请与技术员面谈。

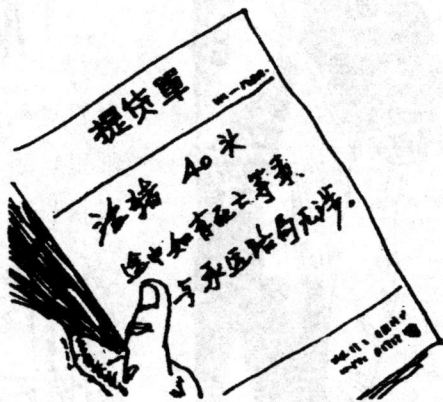

"还乘客车来哩！倒会逍遥自在。"

张村长嘀咕了一句，生气地放下话筒，急忙打听 3003 次车几时到站。没想到这趟客车在他打电话的时候就开过去了。张村长拉起小杨，又飞也似地跑到站台上。

货车上的"面口袋"已经卸下来了，四十头死猪，横七竖八地躺在铁路旁边。十来个孩子围在旁边看热闹。有个青年人拿着根尖头手杖，指指点点地在跟孩子们说笑话哩，看样子像是个小学教员。

张村长睁大了眼睛到处找，哪里有什么种猪场派来的技术员，却一

眼看见他的儿子宝山也嬉皮笑脸地混在孩子堆里，手里还簸弄着一个桂圆大小的泥球。张村长不由得无名火起，走上前去大喝一声：

"宝山!"他一把夺下了孩子手里的玩意,"这么大的人了,还搓泥球玩儿。留着假期作业不做,到处起哄!快给我回家去!"

"这不是我搓的呀!我……"孩子一面嚷,一面伸手来夺。

可是说时迟,那时快,张村长使劲一摔,泥球落在地上,早砸成了两半儿。原来这个泥球是空心的,应该说是个小罐儿。小罐儿里还藏着三条半死不活的青虫和一条又白又肥的蛆一样的虫子。现在虫子都从这砸破的小罐儿里滚出来了,那条又白又肥的虫子,还咬住了一条青虫的脑袋不肯松嘴。

宝山还要蹲下身子去拣。他哭哭咧咧地分辩说:"唉唉……爸爸不讲理!这玩意儿又不是我搓的。唉唉……我明明从树上摘下来的,不信你问大虎子!唉唉……"

叫大虎子的孩子正要挺身出来给小朋友作证,那个青年人用手杖的尖头拨了拨地上的虫子,笑着对张村长说:

"同志,你的孩子一点没说谎,这玩意儿确实不是你的孩子搓的。这是一种名叫蜾蠃的蜂子建造的育婴室。小朋友,蜾蠃可是个好妈妈。它衔了黄泥,在树枝上做了个这样精致的小罐儿,就把卵下在罐儿里,还给将要孵出来的幼虫预先准备了食物。"

"看来是个教生物的!"张村长

心里在嘀咕，"我可没有这份闲情逸致来听他讲课。"

那个青年人用尖头手杖指着地上的虫子，继续讲下去：

"你们看，孩子们。这条又白又肥的虫子，就是蜾蠃的幼虫。这三条青虫名字叫螟蛉，就是蜾蠃的妈妈给它的孩子捕来的食物。蜾蠃捕了螟蛉放在自己造的小泥罐儿里，这种现象，咱们中国人在两千多年前就注意到了。"

"哦！"小杨在一旁倒听得津津有味，"怪不得古书上说：蜾蠃没有孩子，把螟蛉当作自己的孩子来抚养。原来它是捕了螟蛉在喂自己的孩子的。"

"这是件好事情，"拿手杖的青年人讲得格外起劲了，"孩子们，你们要知道，螟蛉是一种害虫。蜾蠃为了喂自己的孩子，却为我们消灭了大量的螟蛉。还有一件有趣的事情哩，蜾蠃妈妈捕到了螟蛉，并不把它们咬死，只用尾巴上的针给螟蛉打了一针，也就是说，给它注射了一针麻醉剂。这些螟蛉就成了半死不活的了。它们决不会从泥罐里爬出来逃跑，也不会在泥罐里腐烂发臭，因为它们还是活的。而螺蠃的幼虫呢，它从卵里孵出来以后，一直可以吃到保持新鲜状态的活螟蛉。"

"嗨，真是个绝招！"

小杨听到这里不由得赞叹起来。这可引起了张村长极大的不满。

"你怎么了！"张村长拉了拉小杨的胳膊，"还不快去找那个乘客车来的技术员。"

小杨还没做声，那个拿手杖的青年人倒插嘴说：

"同志，你们找谁？"

"种猪场派来的技术员！"小杨说。

"我就是，"青年人自己介绍说，"我叫孙青。"

"你……"张村长瞪大了两只眼睛，气得一时几乎说不出话来。

三、魔棍儿

"就是你呀！"张村长的脸又胀红了，"你……你可太负责任了。"

"没有什么，"叫孙青的青年人倒很谦虚，"这是应尽的职责嘛！"

"你看看这种猪！"张村长心里真要骂出来。

"我早检查过了，"孙青挥了挥手里的尖头手杖说，"全部都很正常。我还在等收货人验收哩，没想到你们早来了。"

"这我可不能收！"张村长大声嚷嚷说，"我们要的是做种用的活猪。不是死猪！"

"死猪？谁说它们死了？"孙青好像故意开玩笑似地说，"来，咱们一同来看看。"

孙青把手杖的尖头捅进了一头死猪的鼻孔里。奇怪，只见这头死猪微微睁开眼睛，身子抖动了一下，尾巴跟着摆动起来。系在尾巴上的那张标签，好像一面小旗似地摇呀晃的。最后，那头猪打了个喷嚏，四条腿一挺，竟站起来了，只是忽忽悠悠，好像喝醉了酒才醒过来似的。

张村长有点信不过自己的眼睛，只听得他的儿子宝山在旁边问：

"叔叔，你的手杖是一根魔棍儿吧？"

"什么魔棍儿？"孙青又把手杖捅进一头死猪的鼻孔，"你把我当成什么啦？是变戏法的魔术师，还是装神弄鬼的巫婆！"

"活过来啦！活过来啦！"孩子们大叫起来。

那头死猪眼睛微微一睁，可是又闭上了，好像它暂时还不愿意活过来似的。孙青抽出手杖，朝猪屁

股上猛踢了一脚，喝道："你别再懒啦！"那猪"呼噜"一声，从地上直跳起来，像它的祖先野猪似地从人缝里猛冲出去。

"快，快，"孙青喊道，"同志，快帮个忙，别让它跑远了！"

小杨连忙去赶猪。孙青却又用手杖去捅死猪的鼻孔。张村长再也忍不住了，他拍了拍孙青的肩膀，问：

"咱们说正经的，同志，你要的究竟是什么把戏？"

"哈哈！"孙青笑了，"你也把我当成变戏法的了。我们这个把戏，跟蜾蠃耍的完全一样。当然罗，蜾蠃麻醉的是螟蛉，我们麻醉的可是活猪。要是说原理，两者并没有什么本质上的不同。"

　　"什么?"一听说"麻醉",张村长不由得更着急起来,"你们给猪打了麻醉针,还是吃了麻沸散?我们这批猪是要回来传种的。你们这样胡搞,搞坏了它们的身子谁负责!"

　　"同志,你不用着急……"

　　"又活了一头,又活了一头!"孩子们又喝起彩来。

　　又一头肥猪从地上直蹦起来,抖擞一下身子,就朝货车下面钻了过去。张村长只好急忙去追。

　　四头,五头,六头……被尖头手杖捅活过来的猪越来越多。活猪比死猪可不好侍候,它们到处乱蹿,把张村长和小杨闹得个的手忙脚乱。车站上的服务员也赶来帮忙,孩子们也跑来跑去帮着吆喝。

　　等到把跑散的肥猪赶在一块儿,第四十头肥猪也从地上站起来了。孙青真像个魔术师似的,把尖头手杖夹在腋窝里,搓了搓手,从口袋里抽出一个小本儿来。

　　"你看这些肥猪闹得多欢,"他对张村长说,"四十头肥猪,全都健康如常。请你在收货本儿上签个字吧!"

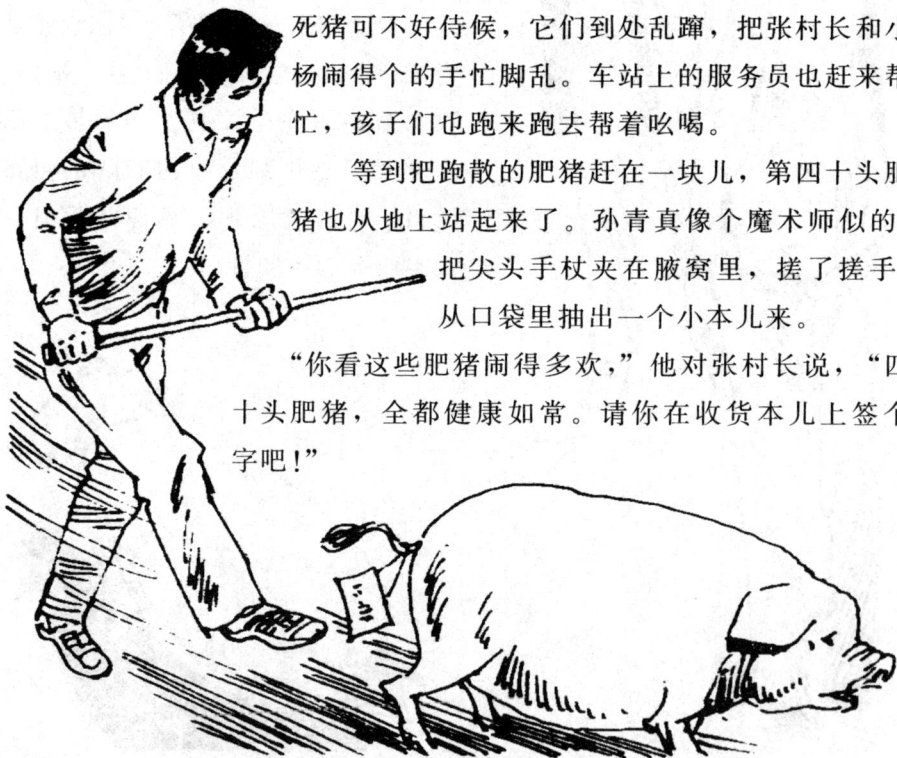

小杨还想点一点数。无奈肥猪挤挤挨挨地他怎么也数不清。张村长可仍旧满肚子怀疑。

"这我可不能签收，"他板着脸对孙青说，"谁知道这群被你捅醒过来的肥猪能活多久。我看，你先帮我们把肥猪赶回村里再说吧！"

"还要我送货上门，"孙青笑着把本儿放回口袋里，"也行呀，反正我们是负责到底。"

四、贯古通今的麻醉手术

三个大人带着一群孩子，有两个孩子还推着自行车，吆吆喝喝地走上了乡间的公路。

"怎么样？张村长，"孙青挥着手里的尖头手杖，一边赶猪一边说，"四十

头肥猪，全都很结实吧！动物受一次麻醉，一般说来是不会有什么不良后果的。我们参考了古代的针灸学和现代的物理疗法，发明了一种对动物完全无害的麻醉手术。我们只要用电针刺激一下猪的昏针穴，猪立刻会昏睡过去，心跳变得

很慢，呼吸变得很微弱，看上去就像死了一样。要它活过来也容易，只要用高频电流去刺激它的鼻孔。孩子们还以为我这手杖是根魔棍儿。其实一点儿不稀奇，只是头上装了个高频电流发生器罢了。"

两头肥猪蹿到公路旁边去拱土了。孙青跑过去把它们赶了回来。

一个过路的老头儿站住了脚，向张村长打招呼说：

"是新运到的种猪吗？"

"才下火车哩！"小杨高兴地回答。

"长得真精神！它们倒不晕车。"老头儿称赞说。

"是呀，"孙青接嘴说，"张村长，这也是麻醉了的好处。一般说来，动物是坐不惯火车的。倒不是怕晕车，它们不习惯火车上

的环境。有一回有个动物园运一头老虎。这位新捕到的山大王在车上暴跳如雷，折腾了三天三夜，下车来就奄奄一息了。如果他们采用我们这种手术，让老虎受了麻醉，在火车上安安稳稳地睡一大觉，就不会发生这样的麻烦了。"

"咳！你们就为了图省事！"张村长显然还不大满意。

"这也是为了适应生产发展的需要，"孙青说，"你们要知道，我们的种猪得供应全国。像你们村里一订就是四十头，还是个大户哩。有很多单位，这个要三头，那个要五头，难道说我们都得跟上个饲养员，沿途照料种猪的饮食，跟上个兽医，沿途维护种猪的健康。再说猪死鱼臭水果烂的情况，到底还很难完全避免。现在我们给猪施行了麻醉手术，它们就像被蜾蠃麻醉的螟蛉一样，在途中既不要吃喝，又不会得病死去，岂不是一举两得。"

"叔叔，叔叔！"张村长的儿子宝山拉着孙青的手说，"您这方法是

跟蠦蠃学的吧？"

"也可以说是跟蠦蠃学的，"孙青摸了摸宝山的小脑袋，"好孩子，探索大自然的秘密，运用大自然的法则来改造大自然，正是我们科学工作者的目的。不过，这方法不是我一个人发明的。我们集中了许多人的智慧，也整理和运用了我国的民族文化遗产。你们知道西安离龙门有好几百里地。可是古时候，在西安却能吃到从龙门运去的活的黄河鲤鱼。当时没有火车汽车，交通很不方便。咱们的祖先想了个好办法，他们把活鲤鱼放在木桶里，上面盖一层酒精。活鲤鱼闻到酒味就醉了，它们没有水也不会死。几天以后运到西安，鲤鱼酒醒过来还是活蹦乱跳的。"

"那么，叔叔，能不能给猪喝点烧酒，让它们也醉一醉呢？"宝山这孩子建议说。

"这倒没有试过，"孙青一本正经地说，"不过要是我们给你们村里发来一批醉猪，你的爸爸意见岂不更大了？他该说：'我们这批猪是用来做种的，不是用来做糟肉的。要是生下来一群酒精中毒的小酒鬼，谁负责！'"

张村长听孙青模仿他的口气说

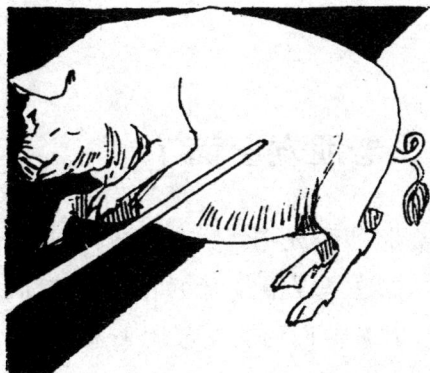

话，忍不住跟着大家一同笑起来。说实话，他早已愿意在孙青的收货本儿上签字了。他不但爱上了这四十个乱蹿乱撞的肥猪，更爱上了这位见多识广、谈笑风生的青年技术员孙青。

[中国] 迟叔昌

张仁康　插图

机器人太空历险记

一、老朋友会面了

麦修和蒂米是两兄弟，一天他们为争看手表录像机，把这圣诞节汤米的礼品弄坏了。正在互相争吵时，他们的朋友苏珊来了。

"你们在干什么呀？"苏珊问道。

"蒂米把我的这手表录像机弄坏了。"麦修不开心地说。

"我已经说对不起了，他还不答应！"，蒂米噘着嘴回答。

"好啦，假期里这样多没劲！不如我们去找契普先生吧！"

一想到智能计算机契普先生，麦修和蒂米全笑了。它是那么有趣，会教你做数学、猜谜，还会教你唱歌，做游戏。更值得一提的是，它十分勇敢，动作敏捷，当你从高处跌落时，会稳稳地把你救起。

"怎样才能再见到它呢？"蒂米问，"比尔叔叔出远门了，谁带我们去《机器人世界》呢？"

"我已经把它带来啦！它就在门外小花园里呢！"苏珊神秘地说，"我要给你们一个惊喜。"

"好哇！"兄弟两开心地喊了起来。

果然，话音未落，机器人契普先生已经站在他们面前了。他还带来一位美国智能机器人艾尔。麦修和蒂米乐得手舞足蹈，他们想起了艾尔曾帮他们做过许多事。

老朋友会面，分外高兴。契普告诉孩子们，它已接受新的任务，即将去探索新世界，飞向太空。

二、遇 险

孩子们兴奋起来。"我们能跟你们一起去吗？"

"为什么不？"契普回答，说着只见银光一闪，它已向美国机器人发出指令。艾尔拿出一根金属棒。"这是最新式传输器。别看它小，它能把我们迅速送到要去的地方。"

于是艾尔打开自己金光闪闪的腰囊，拿出三件轻如薄纱的超太空宇航服，让他们穿好，并让他们握紧那根神棒。探险开始了。

还没等蒂米发问，三个孩

子已感到眼前飘过一团团云雾，一会儿阳光耀眼，一会儿漆黑一片，他们感到身体在腾飞、翱翔。

也说不出过了多久，漆黑淡去，他们已身处成千上万闪烁的群星星空之间。

但突然，一股强大的引力把他们向下拉去。契普和艾尔连忙运算起来，但解答不出是什么东西，只知一颗幽暗的星体正在迅速接近。

"不管发生什么，大家紧紧拉住，不要被扯开。"契普那金属般的声音，在薄纱宇宙服中响起。话音未落，陡峭的山峰已在脚下。

三人正在焦急，生怕摔得粉身碎骨，机器人契普已自动喷射，形成气垫，他们才转危为安，轻轻地降落在山上。然而他们立即感到漆黑一片，寒冷刺骨，幸亏大气虽然稀薄，却还可以自由呼吸。契普和艾尔早已闪烁起红绿光，紧张地计算，并探测周围情况。这时黑暗中淅淅沥沥落起冷雨水珠，三人更加不适意。为了安全，两个智能机器人便很快探

测出附近有处山洞，便带领他们躲了进去。他们紧靠在一起，保持体温。尽管两位机器人朋友不停地释放热能，他们还是觉得冰冷。不过没多久三个伙伴便睡着了。

孩子们醒来时，洞口透进淡紫色的光，天已经不那么黑了。麦修马上喊饿，还一个劲儿地询问这是什么星球。

契普说："放心吧，你们马上可以尝到烤羊肉和土豆、蕃茄汁的美味了。"随后取出三颗钮扣大小的片剂，让孩子们吃下："这东西包你们吃了满意，既好吃，又可增加热量。"

孩子都露出怀疑的神色。麦修说："我饿得能吃下一头牛，你却给我吃小药片，别开玩笑啦！"

蒂米饿得不管三七二十一，一口吞了下去。"真是奇怪！我满口羊肉土豆香，一点也不饿了。"过了一会儿他说："不信你们吃吃看。"

麦修和苏珊也连忙吃了下去。果然一点儿不错。

无法确定它们属于什么样的生命形态，还很难说。"它向孩子们解释说。孩子们按照艾尔的指示，匍匐在地上，吓得连大气也不敢出。

"看！"苏珊充满恐惧地轻声喊道。

洞口外，淡紫色光中隐约现出一只巨大的、毛绒绒的七腿蛛形动物，体侧各三条腿，还有一条又像尾巴又像腿，生在后面。

智能机器人契普发出一阵隆隆声，它的铁臂慢慢伸长，同时向洞口走去，要保护孩子们。这时那七脚兽发出一声尖

"嘿，别小看这一片，它能顶上三两天不饿哩。这是特制的营养压缩食品。我这儿还有别样的美味呢……"

话音未落，金光闪闪的艾尔突然给了契普一个信号："首长，我探测到附近有生命形态！它们正在向我们靠近……"

智能机器人契普立即闪出暗红色信号——那是警戒危险指令："向山洞深部后撤，快！"

艾尔带领孩子们转移。"我可能是同盟者，也可能是敌人，

细的叫声，好几条这种动物蜂涌而上，它们伸出毛绒绒的长脚，把他们全抓了起来。连最重最大的艾尔，也被它们轻而易举地提离了地面。

孩子们喊叫起来，机器人一声不响，电脑信号灯却不停地闪动：契普和艾尔开始了紧张的计算。这时他们已被带到山下一个大洞中，周围立即围满了同样怪里怪气的生物。

三、友好同盟

"别喊叫了，它们似乎并无敌意，在学你们的叫喊声呢！"契普内脏语言交流器已测出七腿生物的语言，并开始模拟它的语言，试图进行交流。

孩子们和七脚兽全都一下子静了下来。七腿生物发觉契普竟能说出它们的语言，于是便交谈起来。

"它们说些什么？"苏珊兴奋地问。

"它们叫阿兹莫斯，"契普回答，"看上去有思维，而且挺聪明：那边最大的一个是它们的首领，名叫蔡茨木。它也在问我们情况。"于是契普成了翻译。

"我——欢迎——你们到——我们的家乡来！"七腿首领慢吞吞地说，声音尖细、柔和。

契普鞠了一躬说："非常荣幸，蔡茨木首领，我希望，我们的来访，

对你们是有益的。"

"我猜，契普是在缓和情绪哩。"苏珊见机器人契普鞠躬的样子滑稽，笑着悄声说。

麦修马上把手指放在嘴上。"嘘！别说话！"

首领蔡茨木似乎是觉得好玩，也模仿着发出"嘘"的声音，同时用它毛绒绒的一条腿抚摸起麦修的头发。"多么可爱的小生物啊！"它说。

麦修吓了一跳，哭叫了起来。

"别哭叫，我来唱支催眠曲吧！"它哼了起来：

"安睡吧，在阿兹莫斯丝绸般的臂弯里……"

令人惊奇的是，经它抚摸，听它哼唱，麦修马上就睡着了。

"它们比我们想象的有更强的智能，"契普摇醒了麦修说，"还是多了解它们一些为好！"

"我们要为你们开个欢——乐——会！"首领没等契普说下去，便发出尖细的叫声。眨眼间，山洞里大大小小的阿兹莫斯都哼唱起来，十几个小阿兹莫斯围成一圈，手舞足蹈，像是在跳舞。

首领蔡茨木带头唱了起来："尊贵的朋友，为了友谊和理解，我们把自己种族的来历呈现——这颗行星，原本繁荣，到处都有我们的踪迹——我们相处安宁、和平——然而，不幸降临——地心喷发了岩浆，大灾难吞没了大多数阿兹莫斯，劫后只有一部分存活延续下来——然而又侵入另一种凶残的异类，经常进行杀戮。"

契普一边翻译，一边推测其中必有曲折的历史。欢乐会结束后，它又跟首领个别谈了很久……孩子们才知道蔡茨木和它的种族爱好和平，但时常遭到格鲁克凶暴异类的杀戮和欺凌。于是决定尽全力帮助它们与格鲁克抗衡。

谁知当夜灾难就降临了。欢乐会结束后，蔡茨木首领派了几名卫士护送孩子们和两个智能机器人回洞歇息。但半路上即遭到格鲁克的袭

击。格鲁克生相丑陋，躯体像个圆盘，类似海龟，却四周生满了脚，行走如飞。它们杀死了阿兹莫斯卫士，把孩子们和契普以及艾尔劫入自己的地下巢穴，只有躲在麦修衣服里面的一个出生不久的小阿兹莫斯躲过了杀身之祸。

到了地下巢穴，契普已趁它们挟持他们的途中悄悄将微型脑收器牢牢吸附在一个怪物背部的硬壳上。当怪兽把他们围在地下巢穴中时，契普已测出它的思维。恰巧这怪物是个首脑角色。"要困住他们，设法把他们身上的能量吸出……"

契普把怪物的鬼念头用地球人语言传达给麦修和苏珊，两人吓了一跳，连忙把蒂米拉到身后，生怕那怪兽把他吞掉。

契普和艾尔计算出这类怪兽深藏地下，畏光，便尽速转换能量，慢

慢散发出一闪一闪的光芒，造成一道保护屏障。正当领头怪兽逼近时，蔡茨木已率领一批阿兹莫斯冲进地穴。那怪兽头领大吼一声，顾不上再冲向孩子们，立刻转身带领它的族类朝蔡茨木杀去。

一场恶战开始了。蔡茨木是来搭救契普和孩子们的，它不顾战术上的轻重，把力量集中在孩子们这一角，想杀开一道缺口。地穴怪兽发觉了这一点，立即切断了洞口外和蔡茨木先头部队之间的联系。孩子们见蔡茨木卫队死伤惨重，也拾起岩块，朝一些

怪兽头部和眼睛狠命击去，虽不致命，却也在命中时暂时起了作用，打得它们原地旋转起来，缓解了蔡茨木的不利形势。然而不幸的是，蔡茨木在战斗中受了重伤。幸亏契普放大了光圈屏障，救下了蔡茨木。洞外的阿兹莫斯见首领倒下，奋勇冲了进来。一群群怪兽长期在地穴深处的黑暗世界中生活，受不住契普的强光照射，有的被反攻的阿兹莫斯击倒，有的伏地不动了。

他们救出了受伤的蔡茨木，且战且退，终于脱离了险境，回到了阿兹莫斯族的驻地。

四、出乎意料的结局

蔡茨木伤势虽重，但它们有特殊的本能，再生能力极强。没多久受伤的都痊愈了。阿兹莫斯驻地又欢快起来。有一天，它们抬来一只大木笼，比房间还大。孩子们感到奇怪。

"这是做什么用的，"麦修惊讶地问道，"是关龟形怪兽俘虏的吗？"

"不，孩子，是特意为你们造的。"契普把蔡茨木的话翻译给三个孩子听。原来，它们担心龟形怪兽再次袭扰，更怕孩子们被抓走。

"我们不会逃走的啊！"苏珊喊叫了起来。

"我们知道，不过这样可以保护你们，即使龟形恶兽前来袭击，我们也好对付。"蔡茨木说着，轻轻把他们一个

个提起，关进了大木笼。

他们一个个既惊讶又气恼，却无可奈何，连高智能的契普先生和艾尔也没料到会有这种结果。

"我曾听说过，善意有时也可能害人哩，"契普自嘲地说，"不过这事发生在我们身上实在有些滑稽。不可思议，不可思议。"契普摇着它那金属大脑袋说。

麦修焦急地说："得想办法逃出去。我们必须设法离开这个星球。"

"我要回家！"蒂米哭丧着脸，几乎哭了出来。

还是苏珊聪明。她想出了一个绝妙的办法：一方面安排轮流唱七脚兽喜欢听的歌，一方面请契普和艾尔尽可能为太空传输棒增强能量，以便趁机腾空飞回太阳系。

果然，这一招很灵。许多阿兹莫斯聚拢来听得手舞足蹈。苏珊便请它们向蔡茨木要求开一次盛大的欢乐会，放他们出来表演歌舞。

蔡茨木高兴地答应了，还特地准备了丰盛的宴会。

盛会开得十分成功，苏珊优美的歌喉，赢得阿兹莫斯们的欢呼；麦修和蒂米表演的踢踏舞，乐得它们前仰后合。宴会时，大多数阿兹莫斯都吃喝得迷迷糊糊，连首领蔡茨木也昏昏欲睡了。这时，契普发出了信号，大家悄悄溜出了山洞，穿好薄纱宇宙服，

跨上太空传输棒，腾空而起，飞向地球。

等到蔡茨木发觉时，孩子们已经远去。它只见契普留下的一只遥控微型录音机，这时自动用它的语言，说出了以下几句话：

"尊敬的蔡茨木，我们十分感谢你们的善意，你们的友谊将永远留在我们心中。但是我们必须离开，希望理解。祝愿你和你的种族在你的星球上繁荣昌盛。再见！

——你的地球朋友——"

[新西兰] 玛丽·斯图塔特　原作

陈　渊　程敏芳　改写

张仁康　插图

最后一个步行者

当人类社会进入 23 世纪后，几百万巴黎市民差不多全都坐上了自动汽车、飞机，跨上疾驰的镀镍自动人行道。步行，作为一种最原始的交通方式已濒临绝迹了。然而，在整个巴黎市内却还存在最后一个步行者。在年轻人看来，在我们这个时代，只有怪人才会莫名其妙地去迷恋祖先原始落后的步行习惯。

这位最后一个步行者名字叫普拉西德·杜兰。以前他是一个职员，

而现在已是一个沉默寡言的老头。他住在圣路易岛上一幢不显眼的六层楼老式公寓里。普拉西德·杜兰确实是个怪老人，他逆潮流而动，顽强地坚持着步行，也正是这个古怪的生活习惯，使他很快成为巴黎市最引人注目的新闻人物。

普拉西德·杜兰天天步行出门。每当他出现在马路上时，他的身边就会一下子围上成群的汽车，就连头顶上也招来一架又一架的飞机，他们对这位怪老人发表着各种议论。

不少学校还专门组织学生访问了普拉西德·杜兰。老师对学生们讲解道："你们可以从眼前活生生的事例中，了解到我们的祖先是如何行走的……他们从来不像我们那样高速赶路。他们满足于摆动两条腿，以

每小时 4 公里或 5 公里的速度前进。"

由于普拉西德·杜兰已成了几百万人口的巴黎市的新闻人物，因此，一些议员在议会中提出了几项新的规定的提案。

第一项，普拉西德·杜兰，作为我们最后的一个步行者，应安置在博物馆的古生物部。

第二项，绝对禁止以任何借口使他受到伤害。授于警察局局长以最后一个步行者保护人的光荣职称。他的责任是采取一切必要的措施来保证普拉西德·杜兰的安全，特别要防止发生车祸。

第三项，普拉西德·杜兰死后，遗体将送往医学系，特别要对这具躯体和这个不可多得的奇异双腿进行详尽的解剖研究。

这个新规定提案刚一提出，执政党代表就立即表示支持，他们说："先生们，如果我们有幸在某个洞穴里发现了活的禽龙、蛇颈龙，或恐龙，那我们就能在很短的时间里从这些史前动物的后裔中获得科学上最珍贵的资料。毫无疑问，我们每个人也一定会不遗余力地去采取一切办法，使它们保持得更长久些。然而现在，就在巴黎也保存了我们人类的稀世珍品，那就是用两条腿支撑身体在地面上行走的古人活化石。因此，就自然科学和历史学的研究价值而言，我们还提议普拉西德·杜兰为我国的国宝。"

这个别开生面的提案尽管遭到一些人的反对，但最后还是以压倒多数通过了。警察局长奉命来到普拉西德·杜兰家里，向他传达了这个刚刚通过的国家重要文件的内容。起初，普拉西德·杜兰断然拒绝搬出圣路易岛上的小公寓，去与博物馆的恐龙、羽齿龙等做伴。但是当律师耐心地向他说明了一个公民应尽的义务后，穷老头才无可奈何地来到了新住地，陪伴着那些恐龙等古生物标本。

警察局长是一位非常称职的人。自从普拉西德·杜兰搬进博物馆后，他就整天坐镇在博物馆，不折不扣地执行提案的第二项。除能让记者、旅游者、学生和市民参观普拉西德·杜兰

外，绝对不允许他离开博物馆半步。然而事与愿违，普拉西德·杜兰来到博物馆不到半年就与世长辞了。

就在普拉西德·杜兰逝世的第二天，一家具有世界影响的报纸《圣菲利报》发表了普拉西德·杜兰生前与该报记者的一次谈话。这篇精彩的文章相当长，占了整整三个版面，因此，这里只能简略再简略地介绍一下，难免挂一漏万。

"就在普拉西德·杜兰进入博物馆古生物部陈列室的那天，我第一个采访了他。从外表上根本看不出最后一个步行者在用身体下肢的运动中有任何疲乏的感觉。甚至可以冒昧地说，看来，他要比我们现代人健

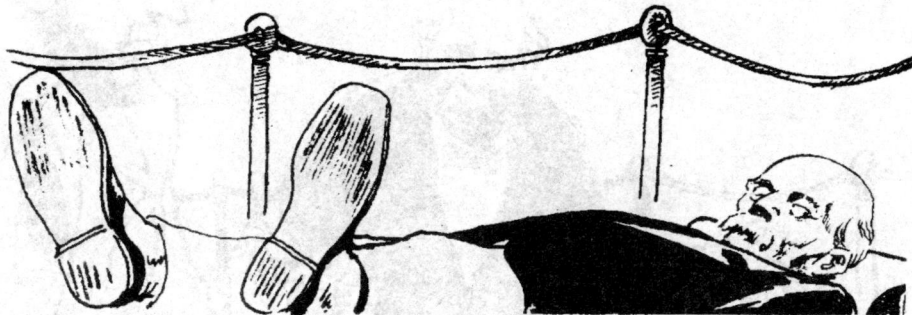

康得多。普拉西德·杜兰非常健美。没等我开口，他就先说了：'我已经老了，但自我感觉却和青少年时代一样好，还是那么灵活强壮，充满着活力……如果我跟其他人一样，不坚持步行那早已大腹便便了，身体会像灌了铅一样沉重，哪怕轻微的活动也都承受不了……'听到这里，我不禁笑出声来。但是这位出众的怪老人并不留意我那声音中所流露出的讥讽，继续说：'当然，现代化的交通工具确实伟大。从巴黎到纽约只需 2 小时 45 分钟，真是太让人神往了，然而可怕的狂热追求，使人们忘记了祖先留给我们的两条腿就是要我们走路和付出体力的，否则就会出现人类的悲

剧……譬如，你不想去麻烦这两条腿，它们必将日趋衰弱、萎缩，直至最后的退化……记者先生，时间不早了，最后我想说的是，步行是人类生存必不可少的一环，生命在于运动.'

现在，普拉西德·杜兰已与世长辞了。对于这么一个健康的人，竟会在进博物馆不到半年的时间里与世界告别，不能不引起我们的深思。现在，我真正认识到步行这样简单的交通方式的意义，因为生命在于运动。"

〔法国〕K. 伏捷利　原作

朱洪仁　编译

云　华　插图

琳娜与嘉尼

一、王嘉尼失踪

爱丽丝小学今天弥漫着一种不安的气氛。

四年级 A 班的男学生王嘉尼旷了课。

奇怪的是，连他的班主任、女教师舒琳娜未经请假，整个上午也没来。

舒琳娜第一堂就有课。当教导主任徐川在教室走廊巡视时，发现 A 班的舒琳娜没来，就有点纳罕了。

徐主任当机立断，这一堂课由自己代。

他走进 A 班教室之后，一眼就瞥见有一个座位空着。查对了一下，是王嘉尼没来。

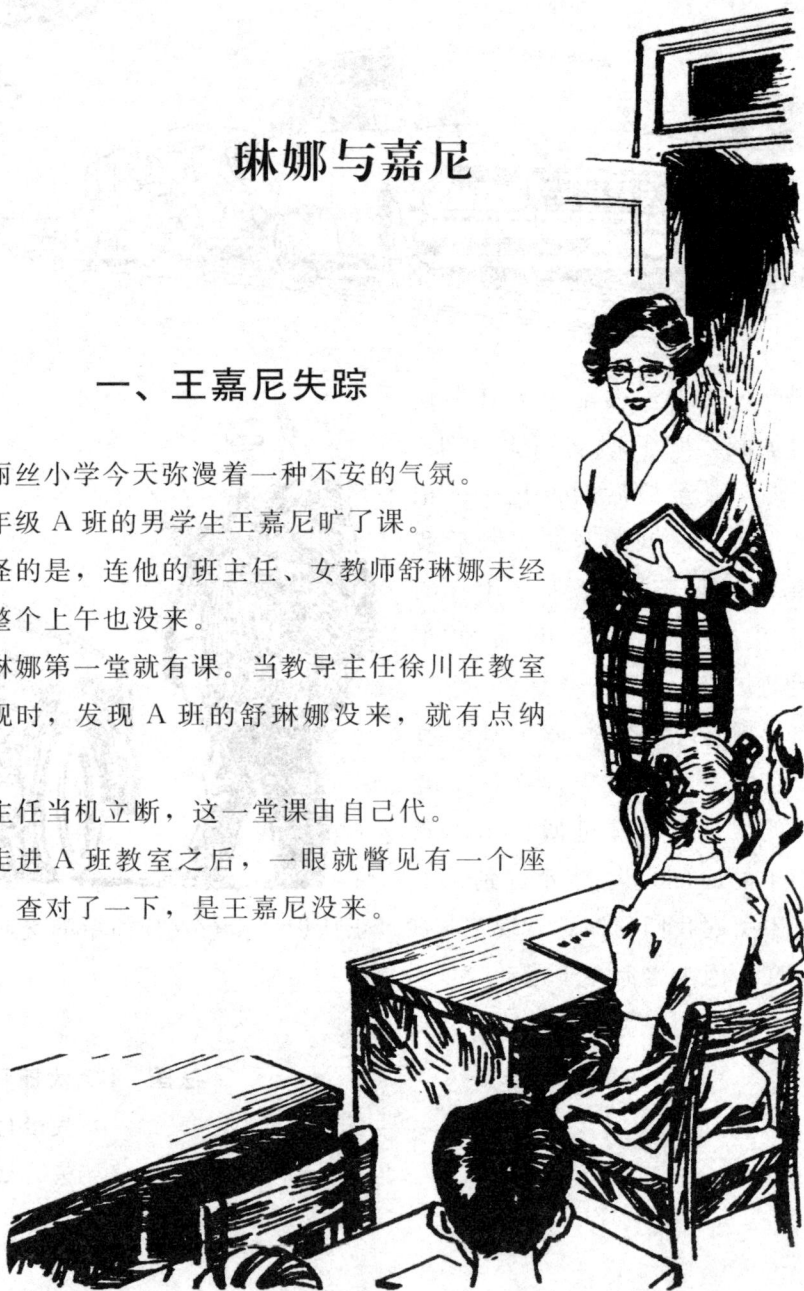

对于王嘉尼，徐主任并不陌生。

王嘉尼以不听话而名闻全校；王嘉尼最喜欢、心悦诚服的只有一位老师，即他的班主任舒琳娜老师。

"奇怪。会不会发生什么意外呢？"徐主任说，"连舒琳娜也没有请假，不来……"忽然发现舒琳娜写字台上用钉书机压着一张纸条。

原来舒琳娜昨天身体不舒服，今天想去看医生。跟学校告了假。

二、灵犀一点通

舒琳娜今天早晨八点就离开家，到旋转餐厅，和未婚夫傅翰见面。他们是昨天就约好的，上街买一些移民加拿大必用的物品。表上时间是八点五分。

就在这时，她感到头部突然痛了起来。

王嘉尼今晨八时正醒过来，但觉得脑袋昏昏的，昨晚好像一夜都没睡好。他做了一个使他感到痛苦的梦：

十分疼爱他的，及他最尊敬、最喜欢的班主任舒琳娜老师，就要离开他，离开学校，离开她热爱的这个小岛移民到加拿大去了……这个梦使他通宵失眠了。

王嘉尼抓起书台上的清凉油，擦在额上。

舒琳娜赶紧扶住行人道旁的铁栅栏，从手袋里掏出万金油，涂了一些，抹了抹两边太阳穴，舒服得多了。

王嘉尼坐在床沿，穿好了衣服，就抓起了放在房间墙角的书包。忽然想到今天舒琳娜老师不会来，上学干什么？犹豫了一阵，叹了一口气，猛地将书包甩在地上。

王嘉尼的视线投在衣橱上的瓷猪钱箱，想到了什么，伸手取下来，狠狠地往写字桌就是一砸。瓷猪破碎，硬币散落。

他抓了一把，又一把，塞进袋里。

想到隔壁房里还在熟睡的姑姑，本想留张纸条交代一下，但很快又将它推翻了。

"让他们着急一下。"他嘴角带着笑，决定了今天的行动：逃学！

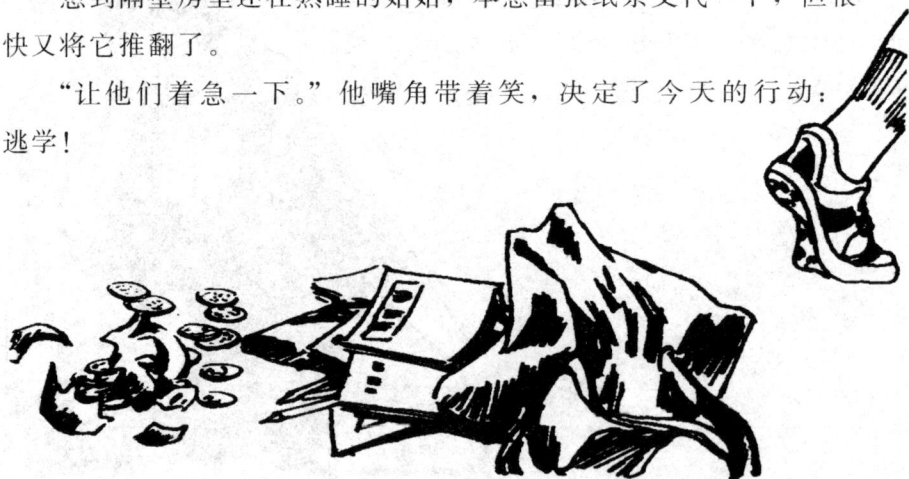

舒琳娜终于走到旋转餐厅所在大厦。她上了电梯，到了那间和未婚夫傅翰约好见面的旋转餐厅。她见傅翰还没来，就在角落找了一个比较清静的座位坐下来。

这时候，王嘉尼在同一个时间，进了一间快餐厅……

旋转餐厅里，舒琳娜等了大约三分钟，傅翰就来了。

"对不起，娜，车子在路上塞了很久。你来了很久吗?"傅翰在她对面坐下来。

"刚来。"舒琳娜说。

叫了饮品之后，傅翰就望着舒琳娜。

舒琳娜默默不语，情绪似乎处于一片不安之中；神色显得苍白。

"娜，是身体不大舒服吗?"傅翰觉得奇怪。

舒琳娜摇摇头。

清晨的旋转餐厅，人影寂寥。这一角落里，只听到舒琳娜将汤匙摇动、撞击玻璃杯而发出的"当当"之声，清脆中渗着杂乱。

舒琳娜叹了一口气："唉。我是舍不得王嘉尼这孩

子。我跟你移民的事一直没敢告诉他。为了保密，我甚至没跟学校方面辞职。我打算就这样静悄悄地离开香港，为的是担心嘉尼这孩子受不住。我离开他，对他打击太大了。他是多么尊敬我和爱戴我……谁料到啊……"

"我一走，马上毁了他，马上会毁了他！他可能变坏，没心上课了……他今天没上学，我还知道他情绪很坏，坏透了……喏，他现在在快餐厅里，不吃东西，喝了三大杯可口可乐了……"

快餐厅里的王嘉尼突然起身，推开大门，在行人道上跑起来，如同着了魔……

舒琳娜本来呷了一口柠檬茶，掏纸巾抹了抹脸颊上的泪痕，突然背起手袋，神色紧张地、飞快地冲向大门，乘电梯下去……

三、机械舒琳娜

　　舒琳娜老师来到机械人制造公司。经理 C 先生接待了她。交换过名片之后，C 先生问了舒老师的来意。

　　"我想订做一个机械人。"

　　"舒小姐要做一个怎么样的呢？它的用途是什么？可以详细告诉我们吗？"C 先生问。

　　"制作一个和我一模一样的。"

　　"啊！……"C 先生颇感意外，显得有些吃惊，但很快转为正常。他想，这倒不难的，只要资料充分；只是奇怪这位小姐为什么要订做一个和她一模一样的机械人？于是他又说：

　　"舒小姐，制作机械人的技术目前已相当高超，什么样的都可以制

造出来；只是订制的条件极其严格，要订制者陈述充分的理由，我们才决定做……"

舒琳娜叙述了下列理由：

王嘉尼今年九岁，是爱丽丝小学四年级 A 班的学生。他是独子，家境属于中下层。不幸的是三年前他的父母乘坐巴士时，巴士出事故，双双身亡。这个对他刺激非常深。他居住在姑姑家中，由姑姑收养。姑姑待他不坏，但无甚文化。舒琳娜担任他班主任已三年，非常疼爱王嘉尼。她了解他的孤独感以及自卑自傲的性情，能够循循善诱，对他充满温柔和爱心，王嘉尼也非常听她的话。王嘉尼因为舒琳娜老师的关怀、鼓励、爱护而一改孤独感和顽劣性情，勤奋读书，成绩甚好。现在，舒琳娜一走，性情大变，往后的日子可不堪设想……

"情况就是这样。C 先生。我真担心他从此变坏，又变回以前那个样子了——那等于毁掉了一个孩子的前途。我移民加拿大，实在走得不安心啊！"

C 先生点点头，问道：

"其他老师不能解决么？她们没有一个可以替代你？"

舒琳娜摇摇头道："不容易。王嘉

尼对那几位老师很反感，她们以前有的对他进行过体罚，有的当着大家的面批评过他，他至今怀恨在心，抱着反抗心理……我以为只有再造一个'我'才能暂时解决问题。何况，以前我很奇怪，这孩子有什么烦恼的心事我一看就知道，而我身体不舒服什么的，王嘉尼总是清楚……我和他之间似乎同时都能发出一种电磁波，互相感应对方……"

说到此，C先生插话道："其他人未必有，我明白——这样吧；舒小姐，我们尽力把机械人制作得完美。你将资料带来了没有？"

"都装进这里面了，"舒琳娜指了指手拎的公文箱，"我的相片、重量、高度资料，我的录音磁带、录影磁带、性情分析、生活习惯、以前和王嘉尼的接触纪录、对他的印象纪录……早就统统整理好了，放在这里。"

C 先生接过她递过来的一箱资料。

"你们真的有把握以假乱真，让师生们都不发觉吗？"舒琳娜不放心地问。

C 先生说："这你倒可以放心，我们可以给机械舒琳娜装上一个最高性能的电脑，她可以根据那些资料，表现得跟你一模一样，无论声音、性格、心理分析能力等方面，都不会露出破绽，至于外形的酷似，现在已是'小儿科'的技术了。"

"后天我就和我的未婚夫傅翰飞到加拿大，"舒琳娜说，"希望这一天，我的机械人替身就能出现在学校。王

嘉尼能够像尊敬、喜欢我那样，喜欢上这个机械人……一切拜托你啦，C先生。我希望这事不要使我失望！这里是所有的订制费用，请收下。"

　　"放心吧……祝你旅途愉快！"C先生将舒老师送到马路边。望着她的背影，想到她对王嘉尼那深切动人的爱心，不禁感动万分，越发觉得务必要将机械人尽快妥善地制成。

四、十个月相处

　　"王嘉尼上学了！"

　　"舒琳娜也来上课了！"

　　大约是三天之后，王嘉尼和舒琳娜老师几乎同时回到了学校，引起了爱丽丝小学全校师生的轰动。

这个"舒琳娜老师"即是机械人制造公司为舒琳娜赶工制造的机械人（为方便行文，以下称"机械舒琳娜"以示区别）。

"她"被校长唤进校长室责怪了一顿。校长问她为什么无视学校请假制度，竟然几天来突然缺课

机械舒琳娜低着头，一言不发，只是默默地坐着，频频流泪。

此时上课铃未响。王嘉尼刚才看到舒老师来了，满脸高兴，一直注意她的举止，放下书包之后，就从课室跑出来，正巧机械舒琳娜被校长叫进校长室，他就赶紧站在木板壁外偷听。

当他听到校长那严厉的批评和舒老师的轻微啜泣声，他心里真是难过。

不知不觉之中，他的眼泪也淌下来了。

有一刻，他热血沸腾，激动极了，他真想闯进去，告诉他们：不是严厉的批评才能教育好一个人的，为什么你们不用温和友好的态度谈心呢？舒老师是好老师，你们就这样抓住她不放过么？

但王嘉尼一想到他给校长的印象，一直是一个顽劣学生（虽然学业优秀），轮不到他发言，他只好灰心丧气地止住了脚步。

他的心感到好闷！木然地望了望窗外的

蓝天。忽然，眼皮跳动了几下，短暂但强烈.

一架飞机横空而过，慢慢消失在天际。

王嘉尼难过的心绪越发深切，连他也莫明奇妙为什么会这样。

直到上课铃响，他坐在课室座位上，看到机械舒琳娜站在讲台之后，他才脸露笑容。

课室里又响起了舒琳娜一向温柔美妙的声音。全班同学并没有发现这个抓粉笔在黑板写着字的已不是平时那位"肉体"舒琳娜，而是"金属"舒琳娜——机械人制造公司的 C 先生有感于委托人、订制人舒老师的深切爱心，请来了最优秀的工程师、科学家、一流的设计师、才华横溢的艺术家……以最快速度将机械舒琳娜制作得和真的舒琳娜一模一样。

上数学课的时候。机械舒琳娜毋须看讲课笔记，在黑板出了一道加减乘除的复杂运算题。

机械舒琳娜点了几名同学，叫他们起来说出结果。没有一个人会（限时间），而她不必思索，马上写出了八位数的结果。

题目太难，位数太多，要求回答的时限太短，这是第一怪；她的"心算"太快，太惊人，这是第二怪。

有的同学私下互说：这位舒老师怎么一反常态？而王嘉尼也暗暗称奇。这样的进度显然他也赶不上，他大着胆站起来给机械舒老师提意见了：

113

"舒先生，你给我们运算的时间太短了！"

机械舒琳娜马上意识到是那个高性能电脑的杰作，便笑道："同学们的意见很好……"

如此每天接触的结果，机械舒琳娜已逐渐适应了教学上的种种局面，并且摸透了同学们的情况，尤其是和王嘉尼的关系，和舒琳娜其实并没有两样。王嘉尼也像以前一样喜欢她，不觉得她有什么异样。他只是奇怪，舒老师走路的声音为什么比以前大？

五、情况不妙

十个月相安无事。

王嘉尼每天都依时上学，学习成绩优异。

机械舒琳娜对他温柔、爱护、关怀，和从前没有两样。纵然他上课迟到，或因好玩而忘了做作业，机械舒琳娜也从不板起脸孔批评他，而是和他亲切谈心，喜欢这样问他："有空做做作业吧；觉得太多了，就不必勉强，只要你掌握了有关的知识就行了……"

啊，这口气和舒琳娜没有两样。机械人实在已经尽力了，虽然王嘉尼仍蒙在鼓里，但机械人如今日久生情，真的也疼爱这个父母早亡的孤儿了，对他充满了

爱心。

事情出在机械舒琳娜没返学校的这一天。

机械舒琳娜跟学校请了事假。她体内有一个零件坏了，得回机械人制造公司修理一下。

以前的舒老师不曾请过事假。王嘉尼十分清楚：舒老师没来，纵然没有跟他说，他明白一定是病了，他甚至对她病在什么部位，在第二天舒老师来上课时，能准确无误地讲出。

这使舒琳娜万分惊异。

同样，舒老师知道他的每一次烦恼，每一件心事，也教王嘉尼感到神奇、钦佩。

然而，这一天，王嘉尼感到焦躁不安。他想念舒老师，关心她的病痛，可是他竟然不知道舒老师不来是为了什么，是不是病了？真是病了的话，又是什么病？

他忽然大哭起来。

这一哭声将代课的曾玫韵老师和全班同学吓了一大跳。

未及辨清怎么回事，嘉尼已狂奔出教室……

六、雪漫温哥华

加拿大温哥华郊区的一间屋顶堆满厚雪的小屋里。炉火旁，舒琳娜在黄黄的灯下，捧着去年底圣诞节王嘉尼在学校扮圣诞老人的照片，见王嘉尼那天真可爱的笑容，

她流下了泪。

她想念王嘉尼还有那一群同学们的感情，因百事的不如意、天气的寒冷而越发强烈起来。来到这异国近一年，她不习惯，曾病倒几次。

那个机械人怎么样了？王嘉尼呢？

她突然感到王嘉尼多么需要她……就在这时，她听到哭声，刺着她的心。

她不安地站起来。打开了门，一阵风卷着雪花吹进来。外面是茫茫皑皑的白雪，声音好似发自远方，那一张王嘉尼扮圣诞老人的照片竟然被卷出窗外，在飘飘洒洒的雪天中飞舞。

声音似乎发自这张相片……

七、灿烂星空下

平安夜里，小岛灯光灿烂，人们都到热闹的市区玩去了。

王嘉尼，怀着一肚子的愤怒，一个人孤独地来到离家比较远的一个偏僻公园。

他带了一具电子遥控玩具汽车。这是舒琳娜老师两年前送他的生日礼物。他如宝贝珍藏，平时不轻易拿出来玩。

他找到了一座街灯旁的靠背长椅，将玩具放在椅下，先躺下来。

满天星斗。啊，夜空多么

美，又多么神秘。今夜没有月，四周一片宁静。这儿远离闹市的喧嚣，只听到蛙鸣和蟋蟀的叫声。

一线火花般的光亮在夜幕上掠过。

然后，一切又归于平静。

他坐起来，开始按着那具电子遥控玩具汽车的电钮，汽车就在水泥地上来回跑动。见到汽车灵敏地前后左右奔驶，王嘉尼泪眼已模糊。想起两年前他生日时舒琳娜送他这生日礼物说的话："好好读书，

将来做个对社会有益的人。"他怎能忘记她在他怀念死去的父母的日子里每一次安慰的温暖呢？……而今，他有愧于她的教诲。但为什么要骗他？为什么要不告而别？还弄来一个虽也有爱心，但心灵深处和他不能沟通的替身？……

他猛力地一次又一次按下那电钮。

奇怪，汽车竟然不动了。

他看到，远处树丛中，有一个矮矮的人影向他走来，慢慢走到街灯的光圈之中。

王嘉尼是个充满同情心（也充满复仇心）的孩子，当

117

他看到走来的人，马上产生了强烈的怜悯之情。

走来的是个小孩。青蛙般的丑脸，细长的脖子，挺着一个大肚子，而手长，腿短，瘦得只剩皮包骨似的，站在那里对他笑。

王嘉尼想：这一定是哪一个国家流落到这里来的难童了。他抓起放在靠背椅上的汉堡包，准备递给他，好好吃一餐。

小孩笑着摇摇头，说："我吃饱了。我想跟你玩一玩，你太寂寞了。"

说着，他只将手一挥，电子玩具汽车竟然继续开动了。

又过一会，小孩双手做出摊开的姿势。汽车慢慢地从地面向上腾空了……

王嘉尼大惊，知道来者不是普通的小孩。

"我是那里下来的，"小孩指了指遥远的星空，"你和加拿大舒琳娜发出的电磁波——你们叫什么心灵感应、遥感或第七感的——，自从她移居加国之后，彼此就变得微弱，但我都吸收、感觉到了。这使我太感叹：你们人间怎么那么多离离合合呢？既然都互相怀念，那就再相处在一起吧……你想知道你的舒老师到那边之后的情况吗？我可以告诉你：她在那里并不习惯，身体一天天差下去，经常在想念你……"

王嘉尼听得暗暗心惊，又

高兴又悲伤：啊！老师，你回来吧，回来吧……

星空小孩继续说道："我不忍看到你们那样。我在感觉到你们发出的微弱但连绵不绝的电磁波之后，也曾降落到温哥华舒琳娜老师家附近的雪地上，和她对话了。我把你的情况告诉她，她听完也哭了……"

"啊……"王嘉尼的热泪开始奔流。

星空小孩顿了顿，笑着说："本来我对地球人类——大概只是其中一部分吧——是有些失望的。他们之间互相欺骗，彼此不信任，缺乏一种爱心。前几年，我曾来过地球上视察，很快黯然离开了……所以，你们的事感动了我。她——舒琳娜老师，对你充满深切的爱心，对其他同学也一样；而你，也这样爱护她，对她充满深情、关怀……我愿意为你们传递信息！"

王嘉尼此时已经泪湿双颊了。

"可是，我希望你和其他老师也能相处得好——他们的一些不正确的态度当然要改正，但你也不能用反抗、不合作的态度……"

王嘉尼惭愧地低下头。

王嘉尼动了动嘴唇，好像要问什么问题，还未开口，星空小孩笑了起来，说：

"我知道你想问什么。你想

问：舒老师为什么不告而别？为什么安排了一个机械舒琳娜？其实你仔细一想就可以明白。这是无法可想之下的计策，她的内心是相当痛苦的……"

星空小孩继续说道："我接着说舒琳娜在那边的情况吧！她始终对那儿的生活不习惯。她先生傅翰看到这情景，已决定和她离开那里，回来这小岛，让她再到爱丽丝小学教书……明天，嗯，明天，他们就回来了……"

王嘉尼双眸闪动美丽的泪花，一颗心猛然狂跳起来，低声呼唤：啊，舒琳娜老师！

此时，星空小孩抬头遥望星空，说："他们在等我

了，再见吧，嘉尼，后会
有期！"很快地，他转身
走了，消失在丛林中。

一会，王嘉尼看到，
在那黑暗的原野上有一个
徐徐旋转着的橙红色扁圆
形巨大物体慢慢向夜空升
起，下部发出万道火光；
它毫无声响地升到一定高度停在半空约有三分钟之久，一动不动。忽
然，划出了一条橙红色的光线，开始移动了，巨大物体变成了深蓝色，
疾向遥远的星空飞去，一瞬间，已消失在星光灿烂之处。

那条光线拉长成一弧形，像雨后彩虹，又像画家涂上的、一颗流星
"驶"过的痕迹……王嘉尼惊讶极了，久久仰望着……

以下的故事，一切如星孩所
言，不必多写。只是需要提一笔
的是：

舒琳娜回来之后，曾和机械舒
琳娜、王嘉尼照了一张富有纪念意
义的照片。照片上，机械舒琳娜捧
着一个金杯。那是国际机械人制作
组织奖给表现出色的机械人的。奖赏的理由是："以动人的爱心和成功
的模仿陪伴一个叫王嘉尼的学生安心读书达十个月，相当尽责。"

这张照片在当时作为传真照片，刊在十几个国家的大报新闻版上。

[中国香港]黄东涛

陈云华　插图

神奇的黑色医疗包

公元 2460 年的一天，当基立斯试验他自己设计的时间旅行机器时，不小心，把放在时间机器里的约翰·汉明威医学博士的黑色医疗包弄得不翼而飞了，于是就引出了下面离奇的故事。

* * *　　* * *

老福尔是一个穷困潦倒的退休医生。有一天，他从恶梦中惊醒过来，哆哆嗦嗦地把他那黏糊糊的睫毛拉开，发现自己正倚靠在房间一角的墙上。突然，他那呆滞的目光被房间中间的一只黑色医疗包所吸引，于是一跛一跛地走过去。他的手一碰到这只包，就意识到那是一只陌生人的包。福尔医生试着摸了一下锁，不料包就自动打开了，一排排的医

疗器械和药品满满地塞在黑包中，他目不转睛地盯着这只包，思想早已飞到当铺里去了，美美地想道："这只包定能换一大笔钱。"

然而，在去当铺前，福尔医生又想出了一个奇怪的念头，能不能从包内找到能治疗自己神经系统毛病的药品呢？于是他仔细查看了医疗包，发现里面还有一张写着字的卡片，卡片的左边从上到下写着人体的主要系统，卡片的上端从左到右写着刺激药、镇静药等。他从神经系统那一项向右看，在与镇静药一列的相交处写着17号。福尔医生颤巍巍地在医疗包内找到标有17号的小瓶子，里面盛满了漂亮的蓝色药片。他取了1片出来，不假思索地吞了下去。

突然，福尔医生像被雷击了一样，一阵激烈的浑身麻木使他瘫坐在地上。不过这阵麻木过后，他感到有一种使自己精力充沛的感觉慢慢地布满全身，一切病痛都从他身上消失了。

"太妙了！"福尔医生高兴得跳了起来，"现在可以把这只黑包当掉了，然后买点酒喝……哈哈！"他边说边快步向当铺走去。

"医生，快请过来！"不知从哪儿窜出一个人来，一把拉住福尔医生的手臂，气急败坏地喊："那个女孩要烧坏了！"福尔医生仔细一看，原来是一个平民窟里的蓬头垢面的妇女。

"啊！很不巧，我不能看病，我已退休了……"福尔医生扯起那破锣般的嗓子表示拒绝。可是那妇女根本不予理睬。

"医生，进来！"她一边焦急地催促他，一边不容分说地把他拉进一扇门里说，"你看看这个女孩，我有 2 元钱……"

福尔医生一听到有 2 元钱，态度就完全变了，半推半就地进了一间堆得乱七八糟的房间，看见一张双人床上躺着一个 3 岁的女孩。他弯下腰仔细观察女孩的病情，当他发现女孩的腋下肿得非常厉害时，不禁吃惊地站在那里。此刻他能做什么呢？当然把脓疱刺穿，挤出点脓，他就能得到 2 元钱。可是，看样子这女孩已病入膏肓了，他这样简单随便的治疗，要是给医院里的医生知道，准会报告警察的……福尔医生不敢再想下去。忽然，他想起了自己吞服蓝色药片的情景。"对呀！可能包内还有什么药片可以治疗那

女孩的病。"他边喃喃自语，边从包内取出卡片，在卡片上查看了半天，终于看到了在淋巴结这一行和炎症这一列交叉处写着"IV−g−3cc"几个字。"IV−g−3cc"究竟是什么意思呢？福尔医生感到费解。于是，他又在包内寻找，突然在一排皮下注射器的某一支针筒上面看到了"IV−g−3cc"字样。此刻他明白了，"IV−g−3cc"的意思就是用这针筒注射里面药水 3cc。福尔医生高兴地取出这支针筒，但很快他又发愁了，因为他发现这支针筒的针头没有针眼。他困惑地推了一下针筒，出乎意料，在没有针眼的针尖那儿竟冒出了一股微小的液体。福尔医生似信非信地把针尖刺向自己的手臂，奇怪的是，针尖没有刺进皮肤，只在皮肤表面一滑而过，毫无疼痛的感觉。不过当针尖离开皮肤后，皮肤表面确确实实看到了一个出血点，从而表明针确实已打过。

现在福尔医生决定用这支针筒给小女孩注射 3cc 药水。当针打进去时，皮肤上的肿块开始突起，小女孩不停地哭着。可是过了一会儿，那女孩喘了一口气后，就一切都安静了下来。这一下可把福尔医生吓得浑身直冒冷汗。他自言自语地说："糟糕！我用这种药水把她杀死了。警察……"

突然，这个女孩坐了起来，问道："我的妈妈在哪里？"福尔医生简直不敢相信自己的眼睛。他一把抓住她的手臂，摸了一下她的腋下，发现那里的淋巴炎症已完全消失

了，体温也很正常。在这奇迹般的事实面前，他呆住了。

突然，他背后传来了一个姑娘充满着讥讽的声音："她会好吧，医生？"福尔医生转过身去，看到一个大约 18 岁的姑娘站在门边上，以轻蔑的并带有幸灾乐祸的眼光看着他，她不等医生回答，又接着说，"我早就听说过你了，福尔大医生，你甚至连一只猫也医不好。你又来骗钱了……"

"我妈妈在哪里？"小女孩再次固执地问。那姑娘听到小女孩的声音，吃惊得把后面要说的话都咽到肚子里去了。她赶紧走到床边，小心翼翼地问道："塔莱莎，你好了吗？你没有感到什么不舒服？"

"妈妈在哪里？"小女孩问道，接着她举起手指着医生说："你碰了我一下！"说完她不知道为什么格格地笑了起来。

"噢……"那姑娘感到不知所措地说，"我应该向你道歉，医生，附近一些爱磨嘴皮子的人都说你不是一个真正的医生。"

"我确实已退休，不再行医了，"福尔医生说，我"受人之托把这只

医疗包拿到一个同事那儿去,她妈妈正好看到我,所以……"没料到那姑娘听到这些话后,脸上就立刻浮现出一种异样的微笑。

"你这只包是偷来的!"那姑娘突然斩钉截铁地说。

老福尔气急败坏地想要为自己辩解几句,但那姑娘却不容分说地抢着说下去:"没有人能把这样的东西托付给你。这只包肯定值 20～30 元钱,我可以断定你是偷来的。怎么样,给我一些钱,不然我就去告诉警察。"

正在这时,小女孩的母亲走了进来,当她看到塔莱莎已坐了起来时,不禁狂呼着扑向小女孩,把她紧紧地搂在怀里。忽然,她像记起什

么重要事情似的，放下小女孩，忐忑不安地走近福尔医生，把 2 元钱塞给他，道歉地说："钱不多，医生，可是以后你是否会再来看塔莱莎？"

"我将很高兴地把这例病看到底，"医生说，"请原谅，此刻我该走了。"

"等一下，医生，我跟你同路。"那姑娘说着就跟医生走到了路上。福尔一直尽力避免与她讲话。但当他感到她的手始终落在黑色医疗包上时，才不得不停下来与她讲道理。

"姑娘，也许你是对的，我可能偷了这只包。但我老实告诉你，我根本不记得我是如何得到这只包的。唉！你还年轻，你可以自己挣钱。"

"和我对分，"姑娘固执地说，"不然，我就叫警察。如果你再讲句话，那就要四六开，你该知道谁拿少的那一部分吧，医生。"

福尔医生感到自己完全被击败了，只得与她一起去当铺。但在当铺里，他们两人都受到了出乎意料的打击，当铺主人只肯出 1 元钱的价格。他们快快地离开了当铺。

"怎么样，"在往回走的路上，福尔问那姑娘，"你还不想放弃这只实际上毫无价值的包吗？"

姑娘正皱着眉头思考着，忽然，她像着魔似地一边说："我们肯定可以用它搞到钱。"一边把福尔医

生拉进一家顾客自取饭菜的餐馆。他们打开黑色医疗包，仔细观察每一件器械和药品。福尔医生发现那姑娘在盯着看一把产钳时，她的脸色渐渐失去了血色。

"怎么啦！你看到什么了？"他好奇地问。

"美国制造。"她嘶哑着喉咙重复着产钳上的字样，"2450 年 7 月申请专利权。"

福尔想对她说，一定是她看错了，要不然那准是谁在开玩笑。但是，当他想起蓝色的药片、没有针眼的注射器时，他又确信她并没有看错。

"你打算做什么？"姑娘又开口了，她不等福尔医生的回答，继续说，"我将在美容学校学习，医生，我们以后肯定会经常见面的。"说完就消失在饭店的门外。

和那姑娘分手后，福尔医生开了一个城镇疗养院。然而他过去的劣迹没有使人遗忘，《论坛报》的年轻女记者爱

特纳·佛蓝纳蕾就是其中一位。她从有关材料上知道，福尔医生是在1941年7月15日胡乱地用牛奶治疗一个危急病人，使病人致死，因而被医疗道德委员会除名的。为了不让这种庸医继续坑害人，她决定去城镇疗养院亲自一试，以便把他的江湖骗子的那一套把戏公之于众。但令她失望的是，今天福尔医生没有一句客套虚伪的话，认真地问了几个关于她病痛的性质和位置后，就开始了检查。

“姑娘，你所说的疼痛地方是没有毛病的。不过由于感情上的不调和，可能会引起你所说的那样疼痛的，所以，我建议你找一下心理医生治疗治疗，很抱歉，我无法为你效劳。”

福尔医生这么坦率使记者大吃一惊。那么，他是否已猜出她是来作调查的呢？于是记者又设法试探起来：“那么，医生，你也许可以给我全身检查一下，最近我一直感到精神不振。”

福尔医生一边点头表示同意，一边从黑色医疗包内取出一根弯曲的管子，开始给她做全身检查。不久，福尔医生对记者说：“你的肺有点毛病，不过不太厉害，但我想仔细看一下。”

说完从医疗包内又取出一件类似内窥镜的器械。这时守在旁边的女助手对记者说："每当检查肺时，按规矩要把病人的眼睛蒙起来的，你愿意吗?"记者感到困惑，但仍表示同意。于是助手就把一块白布扎在记者的眼睛上。不久，她感到左边筋骨有些冰冷的感觉，并渐渐进入了体内，突然，这种冷的感觉又消失了。这时，她听到福尔医生说："安琪，再拿些肺泡和血管浆糊来。"霎时，那种冰冷的感觉又重现了一次。当蒙在眼睛上的白布被取掉后，福尔医生对她说："你肺上有钙化点，我已给你做了切除手术，并在切除部位移植了肺泡群。小姐，你现在已是一个完全正常的健康人了!"

福尔医生这么自信的话，使记者惊奇得半天说不出话来，但她仍似信非信。离开疗养院后，她找到了曾给她做过检查的肺科专家。专家的结论是，她18天前检查出的肺部钙化点已消失，并被健康的肺组织所取代。女记者在惊叹之余就发表了一篇关于福尔医生疗养院的异乎寻常的报导。于是疗养院就门庭若市，来就诊的人络绎不绝。

现在福尔医生开始渐渐很喜欢助手安琪了，并将先前安琪要挟他要对分黑色医疗包的往事忘在脑后了。但是，尽管他们相处相当好，但也免不了有些小争论。例如，安琪为了多挣钱，曾提出来专门为有钱人做整容手术，而福尔医生则致力于挽救人类的生命，解除人们的痛苦。他非常内疚，因为这只神奇的黑色医疗包并非是他自己的。为了解除他内心的痛苦，他打算将这只神奇的医疗包献给外科学院。

有一天，福尔医生站在前厅的诊疗室里，看到安琪陪着一个胖女人走进来。

"医生，我可以把科勒门太太介绍给你吗？"安琪对福尔严肃地说。

她未等福尔医生的回答，又满脸堆笑地对胖女人说："科勒门太太，请你稍等一下好吗？"说完就挽起福尔医生的手臂，把他拉进了接待室。

"听我说，"她像放连珠炮似地讲，"我知道这样做是与你的愿望相悖的，但我只好请你帮忙。是这样的，科勒门太太是个寡妇，很有钱，她虽然去过许多美容院，但都没能去掉脖子上的皱纹和臃肿。因此，她答应只要将她脖子上的皱纹去掉，她就先付500元。医生，这次就按我的办法做好吗？"

"好吧！"福尔医生说，他想反正不久就要把这只医疗包献给外科学院，这次就让她随心所欲一下吧！

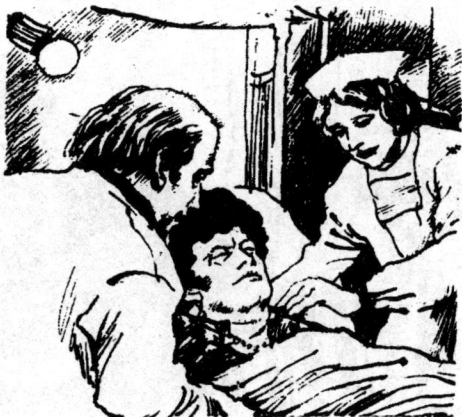

手术开始了，福尔医生从医疗包取出一把切皮肤的刀，并迅速切入皮肤内3厘米。令人惊奇的是，这把刀仅切开表皮，却丝毫不损伤任何组织和器官。

这时，安琪迅速用一只刮匙一勺一勺将脂肪刮出并放入焚化匣内，然后在切口处喷了一些"皮肤收缩愈合剂"。只一瞬间工夫，切口愈合，科勒门太太脖子上的皱纹果然消失了。

"手术结束了，在接待室里有一面镜子……"福尔医生的话还没说完，科勒门太太一跃而起，奔向接待室，只听得她在接待室里高声大笑。不一会儿，安琪手中拿了一些钱币回到手术室。

"500元，"她平淡地说，"你是不是想我们可以每次给她去掉1英寸臃肿和皱纹，收费500元。"

"我也正想和你谈谈这方面的事，"福尔医生马上抓住了这个谈话的机会，"安琪，自从我们合作以来，你一直很好，可是，孩子，我们是不能一直这样下去的，必须适可而止。"

"我们以后再谈吧！"她断然地说。

"不，我确实认为我们这样搞已走得太远了。这些器械……"

"别说了，医生，"她急忙阻止他，"别说了，否则你会后悔的。"

"我的主意已定，我打算把这些医疗器械交给外科学院。我们挣的钱也不少了，也该适可而止了。"福尔医生显然发起火来了。

安琪抢过医疗包就向门口窜去，她的眼睛里充满了恐慌。福尔医生仓促追了出去，一把抓住她的手臂，怒不可遏地想把它扭过来。这时，不知哪一个人的手指碰到了医疗包的锁，医疗包突然打开了，大约有一半的医疗器械掉在地上。

"你瞧你干了些什么！"福尔医生感到一股莫名的怒火在胸中燃烧。弯下僵直的身子去拾地上的医疗器。突然，一把手术刀插进福尔医生的肩胛处，他感到一阵疼痛，就脸朝下倒在地上，用微弱的声音咕哝说：

"不识时务的姑娘，想不到你会下这毒手。"福尔医生说完在地上最后挣扎了一下就不动了。安琪吓得面如土色，握着手术刀的手在不断地颤抖着。

由于恐怖，这一晚安琪翻来覆去睡不着，天刚蒙蒙亮时，却迷迷糊糊地合上了眼。突然，一阵有力的敲门声把她惊醒，使她吓出一身冷

汗。但当看见进来的是科勒门太太时，她才想起科勒门太太是应约来做第二次手术的。现在……她只得自己动手了。于是，她故作镇静地向科勒门太太解释说："今天医生叫我给你按摩去皱纹。"说着就取出一把明晃晃的手术刀。

"这是什么？"科勒门太太大声问道，"你准备用这些东西来切割我吗？"

"请别这样说，科勒门太太，"安琪说，"你对于这些……这些按摩器具并不了解。"

"按摩器具？我才不信呢？这是刀！"科勒门太太尖着嗓子吵了起来。安琪无可奈何，只得无言地拿起了一把小一点的皮肤手术刀切向自己的手臂，刀刃就像手指插进水银一样，刀刃所过之处，皮肤和肌肉都会自动愈合。没想到，安琪的表演非但没有使科勒门太太信服，反而使她更惊慌起来，不信任地说："可是，你的手臂毕竟和我的头颈不能相比，让我看看你对自己的头颈是否下得了手。"

安琪无可奈何地微笑着点点头。

就在安琪与科勒门太太交谈之际，处在2460年时代的人们发现丢

失了一只黑色医疗包。事情经过是这样的：

　　阿尔在饱餐一顿佳肴后回到医务室。他在写字台旁坐下来之前，眼光习惯扫了一下医疗包控制台。忽然，他发现在一排指示灯中有一只红灯亮着，他一边查看亮着红灯的数字，一边喃喃地说："不知哪只医疗包又出事故了。好，674101，让我查一查，到底是谁的包。"说完就把

这个数字放到一只卡片寻找器上。

"噢，原来是汉明威的包，真是个大糊涂虫。"阿尔看着寻找器上送来的卡片，生气地说。同时，他报告了警察局，说："警察局长，有人曾利用第674101号医疗包犯杀人罪。这只包是我手下的医生汉明威几个月前丢失的。现在不知包在谁手里。"

不久，警察局长告诉阿尔："尽管汉明威健忘得提供不出任何线索，但我还是查清了包的下落，这些杀人案发生在以往的一个朝代，完全在我的权力范围之外，因此我无能为力。"听完局长的话，阿尔深深地叹了口气，无奈地拉掉了电源线，红灯也就熄灭了。

现在，让我们的故事再次回到安琪生活的时代。

"对!"科勒门太太对着安琪冷嘲热讽起来，"你把我的头颈当作儿戏，你应该自己先试一试。"

安琪充满自信地微笑着，她知道这把刀只会切开皮肤，决不会损坏肌肉和器官。可是，这次当她把刀切人颈部时，锋利的刀刃不仅切开皮肤，而且也切入了肌肉，切断了器官。结果安琪倒地身亡。

几分钟后，发着尖叫声的科勒门太太叫来了警察。他们看到黑色医疗包内所有器械都已锈渍斑斑……不久，这只黑色医疗包就神奇地消失了。

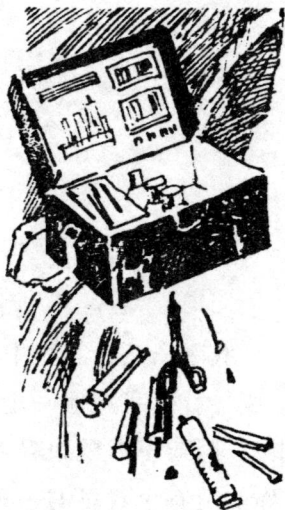

[美国] 阿·威廉森　原作

李　华　改写

周克文　插图

生命秘密的发现

　　我刚离开计算机中心，就碰见了阿斯卑，他脸色苍白，身体靠在墙上颤抖着。我想他一定是心脏病发作了，就关心地问："发生了什么事？"阿斯卑默默地看着我，嘴唇微微颤抖着，最后费劲地吐出几个字："你知道有个戏里的一只6英尺（1英尺＝0.3048米）高的兔子吗？"

　　"你是指哈费兔？戏中描写它是一只看不见的兔子。"我费解地回答着。

　　"不过，在德克沃思的实验室里也有一只6英尺高的兔子。这是我刚才看见的。"

　　我怀疑他喝醉了，但却闻不出任何酒气，那么，一定是他老糊涂了。不过，他的话还是引起了我的好奇心，于是，立刻向德克沃思的实验室奔去。

　　我踮着脚尖走进了德克沃思的实验室，静悄悄地坐在一张椅子上。德克沃思正埋头在显微镜里观察什么。过了一会儿，他把几页笔记放进一只被玷污了的灰色夹子里，满意地吁了一口气，转过身来对我说："我想你一定碰到了傻瓜阿斯卑。"德克沃思的话使我吃了一惊，不过我很快意识到他大约要讲述阿斯卑的发现了。于是我很高兴地接口说："是的，我确实在计算机机房外的大厅里碰到过他。他……"

"他是个蠢驴！"德克沃思说，"我给他看一只用小珠子和金属丝构成的复杂分子模型，可他盯着这只模型，好长时间后却说：'这根金属丝会把人的眼睛戳瞎的。'"

显然，这是德克沃思在编瞎话。我笑了笑，试探着说："他提到一只6英尺高的兔子。"

"什么，爱玛？"德克沃思十分惊慌，稍停片刻，又无可奈何地说："既然这秘密已传出来了，我就给你看吧！"说完就带着我来到动物房。当他打开电灯时，我被吓得简直魂不附体，因为在我面前确确实实有一只从没有见过的大兔子。

"你认为如何？"德克沃思问。

"唔，它很美，就是太高了些。"我惊恐地说。

"别总是看到它的高度，"德克沃思不高兴地说，"重要的是我怎么把它造出来的。"听了德克沃思的话，我突然感到天昏地转，赶紧抓住他的肩膀，结结巴巴地说："你……你说的是什么意思，是你把它造出来的？"

德克沃思叹了口气说："唉！刚才可怜的阿斯卑也是这样反应。我不是告诉过你，我有一个新的复杂的大分子，它可以发展成一个活的生物体。于是，我根据自己的想法组成了遗传密码，这样，我就根据自己设计的蓝图，创造出了这只取名为爱玛的兔子。"

"这只白兔是你第一次尝试的结果？"

"不，爱玛是我的第五次试验。但它是第一个发展为能生存的动物。"

"啊！多了不起，你知道你干了什么？"我惊叫起来，"你已发现了有世以来最伟大的秘密。那么，按你的设想是否可以创造出某种人呢？"我又试探地问。

德克沃思镇静地抚摸着自己的胡子，说："很奇怪，你竟然会问这个问题，其实，你进来时我正在观察你所讲的那个玩意儿。"

"什么！你真的已经在制造人了。唉！德克沃思，你走得太远了。基督教会的人是不会答应的。"我从口袋里拉出手帕擦着额头上的汗，但汗还继续往外渗。

"你是这样想的吗？"德克沃思说，"目前它正处在发育早期，还很不稳定，细胞正在分裂。要做个假子宫让它着床，需要几个月才能显出人形。"

　　"不要让胚胎发展下去了。把爱玛的消息公布于世吧，这只兔子的本身就够刺激的了。"

　　"你的意思是要我把这只胚胎杀死吗？这事我可不干，要知道它是活的。"

　　"我的老天，德克沃思，世界上又不是没有流产过，而且从目前各种情况来看，采取这种措施是恰当的。"我苦口婆心地劝说着。

　　"不，我不干。"德克沃思耷拉着脑袋坚定地说。我深知他的脾气，再劝也是徒劳。过了好一会儿，德克沃思的心情似乎开朗了些。于是我又试探地问："欣科校长知道这件事吗？"

　　"除了你和阿斯卑，谁也不知道，"德克沃里说，"我没想到阿斯卑会这么不谨慎，也没想到你的道德观念会如此强烈。"

　　"你还是快些告诉校长，否则他会从别人那儿知道这件事的。"

德克沃思点了点头说："我很不愿意这样干，但我想你也许是对的。好吧，我现在就去告诉他。"

欣科校长带着惊慌的神情走进了德克沃思的实验室。但当他看到这只巨兔时，就吓得朝后倒下，我赶紧将他扶住。德克沃思耐心地向校长解释这一切，欣科校长一面听一面不时朝巨兔偷偷瞟一眼，他脸上的皮肤也不时出现一阵阵的鸡皮疙瘩。当德克沃思讲完了关于白兔的事后，校长才镇静下来，而且有些喜形于色，显然他已开始醒悟到德克沃思工作的意义。此时，我使劲向德克沃思使眼色，要他一鼓作气把人造胚胎的事也讲出来。但我得到的却是冷酷而坚定的白眼。一气之下，我就悄悄离开了实验室。

晚上，我打开了电视机，在精彩的球赛结束后，突然有一段标题为"生命秘密的发现"的新闻出现在电视屏幕上，德克沃思的名字特别醒

目，此外，还广播了欣科校长一篇冗长的讲话。此刻我深为白天自己的意气用事而感到羞愧。于是我立即关掉电视机，决定赶到我朋友的身边。当我来到大学门口时，看见一大群人拥向校园，数目较多的警卫正拦住他们的去路。我明白这是电视新闻所引起的反响。由于人群拥挤，我也无法通过人群，正在束手无策时，突然，我发现一个人偷偷摸摸地从不远处的篱笆下钻了出来，手里还小心地拎着一个包裹。我一下子就认出他就是德克沃思，我奔跑过去刚想叫他的名字，他就立即用手按住我的嘴巴。就这样，我们两人跌跌撞撞地跑开了。

"我们为什么要逃跑？"跑了一段距离后，我大惑不解地问。

"你的头脑不会放聪明一些吗？"他说："你想想，有 20 只电视摄像机对着我，最愚蠢的问题像潮水般地向我涌来，我受得了吗？此外，我不想让他们发现这胚胎。"他说着用手指了指包裹。

"就在这里面吗？你没有把这件事全告诉校长？"

"是的，胚胎在包裹里。我不能告诉校长，"他嗫嚅地答道，"我想这个问题的唯一解决办法是让胚胎发育成熟，然后在一本科学杂志上

发表。"

"德克沃思，你这样做有没有想过兔子怎么办？"

"欣科会很好照顾它的。"

"那么，你打算将胚胎带到哪里去试验？"

"劳拉·洛克门家里，"德克沃思胸有成竹地说，"劳拉会好好照顾胚胎的。"

"劳拉·洛克门？是不是你以前教过她书的那个毕业生？她知道这个人造胚胎吗？"

"还没有正式告诉她过，"德克沃思说，"我想她会支持我的。"说完就拉着我往劳拉家跑去。

几个月后，在劳拉的精心照顾下，胚胎已发展成胎儿，不久又从胎儿长成即将分娩的婴儿。这几个月来，由于巨兔新闻发表后，德克沃思忙得不亦乐乎。一天，德克沃思向我抱怨道："简直没有办法，我要应付这么多事，还要设法偷偷溜到劳拉家里去继续我的研究。今晚我又是我们大学校友聚餐会的主要发言人。"

"我可不羡慕你。不过我听说有一群基督教原教旨主义的妇女要来抗议。"

想不到他听了我的话反而高兴起来，他祈祷地说："上帝，但愿如此，这样我可以有

更多时间进行研究了。"可是实际上并没有人来捣乱，聚餐会按预定的顺序进行着。欣科校长振振有词的开场白后，就轮到德克沃思发言。当他拿着团得很皱的发言稿准备发言时，一个招待员匆匆向他走来，递给他一张纸条。他看纸条后，脸立即变得像青灰色似的，不打一声招呼就离开座位往外跑。当他跑到我身边时，我一把抓住他的夜礼服，小声地问："德克沃思，发生了什么事？"

"劳拉来纸条，我必须立即到她那里去！"他急促地说，"婴儿快要分娩了。"

这时，欣科校长从座位上跳了起来，蹒跚地向我走过来，疑惑而又不高兴地说："他上哪儿去？他把整个聚餐会给弄糟了。"

我不假思索地说："为了婴儿，他必须去劳拉那儿。"

"婴儿！"欣科校长如被雷击似地瞪着我，气愤地说，"德克沃思和劳拉？我简直不能相信，这件丑闻会把学校弄毁的。"说完他一个趔趄倒在邻近的椅子上。霎时间，整个聚餐会处在一片混乱中，人们交头接耳地窃窃私语着。此时，我才意识到自己刚才的失言。为了挽回德克沃思和劳拉的名誉，只好把他研究人造胚胎的事全盘托出。想不到我的话引起了非常强烈的反响，许多人指责德克沃思。甚至有人提出这种人造人没有生的权利。顿时，每张餐桌上都在激烈地争论人工制造人的道德问题。

自从人造胚胎的事公布于世以后，引起了各方面的强烈反对，给研究工作带来了很大的压力，但德克沃思却依然如故，埋头于他的试验之中。

"真奇怪，你还是那么镇静，有

时连我都感到不知所措。"我忍不住地说。

"我可没有精力，"德克沃思平静地说，"我现在要喂养一张新的小嘴巴。今天下午有个高级官员要会见我，那是一次秘密的会见，不过经我交涉，他们答应你和我一起参加，你愿意吗？"

"谢谢你的信任，"我说，"可是我能帮你什么忙呢？"

"我预感到他们想要干什么，"德克沃思沉思地说，"如果我猜得对的话，我希望你给我道义上的支持。"

下午，会见如期进行。我从开始一直惴惴不安，不断环视四周。国防部休伯特先生用慷慨的语调讲述了政府的一个资助计划。根据这个计划，

政府将资助我们大学几百万美元，帮助我们建立一个新的化学生物研究所，由德克沃思教授主持工作。德克沃思听到这一消息后，惊讶地竖起眉毛看了我一下。突然幽默地问："先生，你想得到什么报答？"

休伯特微笑了一下，说："不是我，是政府。我们对你们的研究工作不干涉，但确有一个小小的计划……"他停顿了一下，翻阅一下手中的文件，然后继续说，"德克沃思教授，政府希望你造出 50 个男性婴儿。"

大家被休伯特的话惊得目瞪口呆。德克沃思迷惑不解地问道："要 50 个男性婴儿做什么？"

休伯特先生向房间四周看看了，说："我们俩是否单独谈谈。"

"他留在这里，"德克沃思指着我说，休伯特微微蹙起眉心，踌躇片刻后才勉强点头同意。他指着公文包说："我的包里有一个计划。自从你成功地制造 6 英尺高的兔子后，我就着手搞这个计划，因为我知道你最终会研究出制造人造婴儿的办法。"稍停片刻后，休伯特又说，"简单地说，我们国家由于怕军事人员丧失，就

不敢执行必要的军事行动。每一个有符合征兵条件儿子的妈妈，都可能成为反对政府的宣传者。但是，如果知道他们的儿子不必去参加战争的话，那她们就会对战争抱无所谓的态度了。"

听了休伯特的话，我倒吸了口冷气。德克沃思看看我，然后他把手放在我肩上，讥讽地朝休伯特说："如果我没搞错的话，你想用我的办法来指挥一支地面作战部队！"

"也想指挥海军和空军，"休伯特得意地说，"这对你来说是件轻而易举的事，你甚至可以定向设计出对军事生活具有特别才能的青年人。"

德克沃思再也忍耐不住了，猛地从椅子上站了起来，我也跟着站了起来。"给你的

回答是坚定的，"德克沃思声色俱厉地说，"请你把这个想法丢掉吧！我绝不会跟你合作的。"

"妙极了，德克沃思。"我激动地说。

休伯特对我的话置之不理，他看着德克沃思，叹了口气说："我早就预料到你会做这样的反应的。你以为自己站在正义的立场上？朋友，你错了。你难道想叫真的年轻人去死吗？"

"我不想叫任何年轻人去死！"

休伯特整理了一下文件，慢条斯理地说："你应该明白，没有你，我们也可以进行。我已在这次会见前采取了措施，以国防安全条例的名义，没收了你的文件和笔记本。我们可以另找爱国的生化学家根据你的笔记进

制造出任何男子来，"德克沃思得意地说，"这是合成一个完整的 Y 染色体的难题，我目前还没有丝毫的办法。"

"你在吓唬人！"

"那么，你去问你的爱国生化学家吧！等他们花十年时间解决了这个难题时，也许我也想出了什么办法来完全毁坏你的计划。"说完德克沃思紧紧地拉着我的手离开了休伯特。当我们沿着校园在芳香的椰树下散步时，我祝贺德克沃思采取的坚定立场。

行这项工作。"说完他骄矜地笑了起来。

"也许……等着瞧吧！"德克沃思愤愤地说。突然他向前俯过身去嘲弄地对休伯特说："你能用妇女来组成整个军队吗？"

休伯特疑惑不解地问："干吗要妇女？"

"因为到目前为止，我还不能

［美国］拉里·艾森堡　著

李　华　改写

张仁康　插图

鸟 王

一、灞桥畔的凤凰楼

"台湾学生丝绸之路考察团"的同学杨龙仔来到西安，看到《长安晚报》一条消息："凤凰落户灞桥畔，今夜比翼庆团圆。"十分惊奇：凤凰是传说中的吉祥鸟，怎么会飞到西安的灞桥来呢？

负责接待杨龙仔同学的西安学生万虎娃决定跟他一起去看一看。他们早早地吃完了晚饭，急匆匆地赶到东郊的灞，桥不知什么时候，桥头竟出现了一座耸入云霄的雕梁画栋的古楼！楼上写着"凤凰台"。啊！这不是春秋时代秦穆公为女儿弄玉建造的"弓凤楼"吗？不容他们多想，从楼上飞出一曲委婉的歌声来："箫声咽，秦娥梦断秦楼月。秦楼月，年年柳色，灞桥伤别……"

153

在歌声中，楼上的彩灯亮起来了。在楼上，一对青年男女在吹箫吟唱。接着，一束探照灯灯光在天空探索，在光束中，一对长尾巴的鸟儿从远方飞来。人们看清了，那是一对美丽的凤凰。

突然，乐曲变得激扬起来，凤凰随着乐曲轻轻地滑翔到楼台上。萧史轻轻地跨到雄鸟背上，弄玉也飘落到雌鸟背上。萧史吹起一段新曲，凤凰随着曲子，展开翅膀，载着这对情侣，向空中飞去，慢慢地消失在人们的视线之外。

这是梦？还是现实？万虎娃正在奇怪之中，忽然有人拍了一下他的肩膀。他一看，是同学金牛牛。牛牛对虎娃说："你让我找苦了，快到凤凰台去，有一位台湾来的客人找你。"

二、台湾来的表姑

三个人一起朝凤凰台跑去。他们一口气跑到楼下的接待室，推开门，都傻眼了："这不是刚才乘凤凰飞走的萧史和弄玉吗！"

万虎娃认为找错了地方，正要出去。那萧史和弄玉卸下扮装，露出了真面目。这回虎娃看清了，那萧史竟是金牛牛的叔叔金凌翔扮的。

金凌翔拉着虎娃，走到扮演弄玉

的女士跟前，说："这是你的海珊表姑，她刚从台湾来。"

"你真是台湾来的表姑？"虎娃半信半疑地问。

海珊表姑回答："今天早上到西安，就直接到凤凰台上来了。

万虎娃指着杨龙仔说："他也是从台湾来的，叫杨龙仔，来考察的。"

海珊高兴地说："哈哈，想不到还有台湾老乡来看我的表演。"

万虎娃顺手从金叔叔手中拿起箫问道："这是刚才吹的那支箫吗？"

"是啊。是你海珊表姑从台湾带来的。"金叔叔回答。

海珊指着箫说："我在台湾一家电子公司工作，专门生产电子发射器，我听说长安旅游公司要搞"吹箫引凤"的表演，就和凌翔他们合作，搞了这台节目。"

"表姑，你和凌翔叔叔早就认识呀？"虎娃一面说，一面朝金牛牛使眼色。

海珊非常大方地笑着说："不光是认得，而且是青梅竹马哩！我们

从小就一起在灞河边长大……"

三、灞河底下采到巨鸟蛋

那是二十年前的事了。金凌翔和海珊在同一所小学念书。一次学校组织野游，正赶上治理灞河，他们就在污泥里摸起鱼来。

摸着、摸着，金凌翔踩到两个石头似的东西，他掏出一看，竟是一对带壳的大鸟蛋，有排球那么大。他们猜想，这一定是一种非常大的鸟的蛋。

他们偷偷地把蛋带回家，藏在地窖的冰室里。开始，他们想用它美餐一顿。后来，他们又觉得吃掉太可惜。要是能用它孵出大鸟来，该有多好！但是，他们不会孵化，就这样一直藏在地窖里了。

后来，他们都长大了。海珊学的是电子技术，跟亲戚去了台湾。金凌翔学的是航空，跟爸爸去了云南，他们决定各带走一只蛋。而两只蛋，现在一只存在台湾海鸟研究所，另一只存在昆明热带鸟类研究所。

海珊这一段美好的回忆，

给大家带来惊奇和深思。有人说："你们应该把两只鸟蛋孵出来，也许它们真会是一对凤凰哩！"

是的，他们又何尝不想了却童年这个心愿呢！

四、纸堆里找鸟王

这几天，万虎娃和杨龙仔总想着那两只蛋和那对假凤凰，那蛋真会是凤凰蛋吗？不，凤凰是古人想象出来的，再说，这巨大的鸟蛋怎么会出现在寒冷的北方呢？

他们决定去图书馆找答案。

"喂，虎娃，你看英国作家威尔斯的这本小说《巨鸟岛》，上面说在非洲马达加斯加岛也发现过巨鸟蛋，"龙仔指着手中的书说，"不过孵出来的不是凤凰。"

万虎娃翻开《辞海》，叫龙仔看，上面写着："凤凰，传说中的鸟王，

雄的叫凤，雌的叫凰……"虎娃说："看来古代真有凤凰。"

杨龙仔想起另外一个问题："大陆许多地名与凤有关：安徽有个凤阳、辽宁丹东有个凤城、陕西宝鸡有个凤翔、湖南有个凤凰县，是不是那里都有过凤凰？"

万虎娃赞叹道："你真是

一个大陆通呀！我曾经去过凤凰县，那里的县志上是记载着有凤凰栖息在这里。"

杨龙仔高兴地说："那我们去那里考察一下吧！"

万虎娃拍手同意："好哇，那里还有一个桃花源，说不定我们真会在桃花源里找到凤凰呢！"

五、误入桃花源

万虎娃和杨龙仔来到湘西，沿着一条溪水向源头走去。他们逆流而上，终于找到了源头，原来那水是从山脚下一个洞里流出来的。"杨龙仔，你看这个洞像不像时间隧道？"万虎娃指着山洞说，"说不定，过了这个洞，就是晋朝武陵渔人发现的桃花源哩！"

洞口有一条小船，于是他们划着船，向洞里划去。船行过九曲十八湾，当转过一个大湾时，天空突然亮了起来，恍惚来到了另一个世界。

"虎娃，你看这绿油油的农田和茅舍、小桥、流水，真和陶渊明描述的情景一样。"龙仔激动地说。

他们走到茅屋前，里面出来一位老人，他生气地说："你们

这些不守信用的人，请回去吧！"

　　虎娃和龙仔被老人的话，说的丈二和尚摸不着头脑，就客气地道
歉："老先生，真对不起，我们没有事先打招呼，就冒昧地来到贵地。"

"没有打招呼?"老人仍未息怒,"你们那位武陵渔人来时,我已打过招呼,叫他不要泄露这里的秘密,可他违约了。"

万虎娃不解地问老人:"你们为什么在这里隐居,你们的祖先在哪里?"

老人看到两个孩子不怀敌意,就坦白地说:"我说了会叫你们大吃一惊的。我们是外星人。这个问题先不说,我问你们,你们来这里干什么?"

两个孩子真是惊奇极了。虎娃镇静下来,回答说:"古书上说,这里曾生活着一种叫凤凰的动物,是吗?"

"凤凰?"老人突然满怀悲痛地说,"是的,可是一只也没有剩下,全死了。"

老人说着领着两位少年来到后山。

六、宇宙病毒

后山上有许多个小土堆，像是坟墓。老人指着土堆说："都在里面。"

老人悠悠说起一段令人伤心的往事。

原来桃花源人来自外星系的一个地球的对称星，那里由一个独裁的统治者统治着，人们十分不满。后来有一个叫星星索的人，领导人民起义。可是，秘密被泄露，起义失败。星星索只好带领部分起义者乘飞船逃到地球。他们为了不打搅地球人，选择了一个无人区隐居起来。在这里，他们首先遇到的动物，就是从未见过的凤凰。他们把凤凰奉为神

灵。一代一代在这里生息、繁衍。

但是，过了几代，意想不到的事情发生了。凤凰突然患了一种病，纷纷死去，最后竟绝迹了。到底生的是什么病呢？原来是一种宇宙传来的病毒。病源来自桃花源人的故乡。那里的大气层中的臭氧层被破坏，挡不住宇宙中的紫外线，使人身上染上皮肤癌。这癌也通过星星索他们带到了桃花源，传给了凤凰。这种皮肤癌还不至致人死命，但抵抗力不强的凤凰却受不了，结果就一只只死去了。

七、再生的凤凰

万虎娃问老人："难道连一只凤凰蛋也没有留下吗？"

老人回答："没有。"

龙仔想起了金凌翔捡到的巨鸟蛋，就问："那么你们知道凤凰是怎么孵化的吗？"

老人点了点头："这个我们的

祖先有记载，是用土孵化的。凤凰先用爪子在向阳的山坡上挖一个坑，然后把蛋埋进土里，30天左右雏鸟就出壳了。"

两个少年来到山坡，用温度计量了量温度，又问了一些喂养幼雏的问题。老人似乎有所察觉，就问道："难道你们发现了凤凰蛋？"

龙仔点点头，老人高兴极了。

两位少年告别了老人，回去之后，就各奔了前程，急着去孵化凤凰蛋。

孵化工作进行得很顺利。不久，两只小凤凰分别诞生了。很巧，台湾的那只是雌的，昆明的那只是雄的。

凤凰再生了！但是这条消息没有向外界公布，因为怕宣传出去，来探望的人多，影响小凤凰成长。两只小凤凰后来集中到了国家珍稀动物研究所，养在一个环境很好的玻璃生物圈内。

这一天，研究所特邀金凌翔、海珊、万虎娃和杨龙仔来参观。他们隔着大玻璃，看到这对小凤凰在林间奔跑，它们的形象和古书里描述的完全相同。头像鸡、颈像蛇、颌像燕、背像龟、尾像鱼，美丽极了。

八、和凤凰对话

面对复活了的凤凰，不禁使金凌翔和海珊想起了长安旅游公司推出的那场表演，要是能让真凤凰来表演该多好啊！

为实现这想法，他们决定和凤凰"对话"。他们制成一种像萧似的电波发射器，用电波来刺激凤凰。当频率调到

次声波段时，凤凰真的有了反应，合着箫声而舞。

实验成功了，他们记下每个频率下凤凰的反应动作，搞清了凤凰的行动"语言"。

可是，想不到的是，当他们试验即将完成之际，两只凤凰不约而同地都生病了。经检查，得的也是宇宙病毒症。最后，只得送到野兽医院去。

眼看着它们一天天消瘦下去，万虎娃和杨龙仔吃不好、睡不着。

就在这时，他们突然收到桃花源老人的无线电信号，老人招呼两位少年赶快去一趟。

事不宜迟，他们火速来到桃花源。老人迫不及待地对他们说："我们接到故乡来电，那里的人民推翻了暴君，而且找到了

根治宇宙病毒的办法。我们回去后，治病有望了。"

万虎娃抓住老人的手，问："你们要回去？"

"是的！"老人肯定地说。

杨龙仔抓住老人的另一只手，问："来电说了治皮肤癌的方法吗？"

"大体说了一下，"老人说，"听不太清楚，说是利用类似地球的种牛痘的办法。"

九、牛皮癣的启示

万虎娃和杨龙仔离开桃花源，马上来到野兽医院。他们传达了桃花源老人的话。

医生们听了之后，思想大受启发。既然天花可以用牛痘来治，那么皮肤癌也可以用另一种皮肤病毒来治。

医生们很快从牛的牛皮癣上取到了"痘"，他们先对传染了皮肤癌的猴子进行试验，发现确有效果。于是，接着对凤凰施行了种痘手术。

像奇迹似的，凤凰的病一天天地好起来了。两个少年带着喜讯风风火火地赶到桃花源。他们劝老人先在地球上种完痘，治好皮肤癌再返回外星。

老人感谢两位少年的好意，但是他说："我们早已染疾在身，在地球多呆一天，对地球就多一份危险。"

正说着，一艘太空飞船徐徐地降落到桃花源里，这是地球的对称星

来接他们的同胞回去的飞船。桃花源里一片欢腾，

老人对两位少年说："这些茅屋和田野，原本是地球的，我们原物奉还。里面的东西，有些是我们带来的，有些是我们生产的，留给地球作个纪念吧！"

万虎娃对老人说："政府决定将这里保护起来，建设成为外星生物圈。"

杨龙仔也说："以后你们想回来看看，还可以住在这里啊！"

[中国]　　余俊雄

钱逸敏　插图

奇　遇

　　傍晚天鹰座 α 星上的天空已呈现浅紫色。考察队开始举行新居落成典礼。

　　突然传来了沉重的敲门声，使室内顿时一片肃静。大家都感到非常惊奇。

　　"请进！"队长巴尔托的话音刚落，门已被推开了。进来的是一位酷像堂·吉诃德的老人，他穿着一件旧上衣，一条短裤，赤露着肌肉发达的双腿。

　　"我叫巴尔托，他们都是我的同事。"队长向客人介绍道。

　　"巴尔托先生，能否借一支激光枪给我用一段时间！"老人开门

见山地说。队长犹豫了一下，然后爽朗地答应了老人的要求。

老人告辞后，消失在黑夜中。

第二天，考察队员谢尔盖和阿赫默德乘上圆形小飞艇，准备对α星进行地质勘探。

他们的话题又自然地转到昨晚光临的老人身上。"我猜得出这个老人住在哪里。你看，他准住在峭崖下的小树林里。"阿赫默德说。

"让我们去看一下。"谢尔盖边说边降低飞艇的高度并转向峭崖边。果然，在小树林中露出一个屋顶和周围的栅栏。但是，没有看到昨天晚上的老人。"这座房屋隐蔽得不错，那么老人在躲避谁呢？"阿赫默德嘟哝着。

飞艇在小树林上空盘旋几圈后继续向前飞行，不久，飞艇徐徐降落在一片砂砾上。他俩选择了一块平坦的地段启动激光钻孔探测器，激光钻正在克服岩石的抵抗向着地心钻去。阿赫默德一边操作着一边兴奋地说："嗨！谢尔盖，我看这位老人准是个不得志的隐世者，决不会是个星际考察者……"

"阿赫默德，快看！"守候在仪器旁的谢尔盖急促地打断阿赫默德的话，猛地直起身子，恐惧地注视着天空。

只见一大块乌云遮住了地平线，刹那间，那翻滚着乌云的两翼已延伸到半个天空，仿佛是宇宙里的隐身巨魔张开黑口要鲸吞整个 α 星球似的。不出几分钟，四周一片漆黑。

"阿赫默德，快跑！"谢尔盖用尽全力扛起仪器，边喊叫边向飞艇跑去。谢尔盖迅速跳上飞艇，在启动发动机的同时，大声喊道："阿赫默德，快！快！"在昏暗中，他看见阿赫默德在尘土的漩涡里飞跑着。

当阿赫默德一只手刚抓住舱门时，一阵猛烈的飓风袭击了飞艇，尽管飞艇有良好的稳定性，但还是被飓风抛出十几米之远。

接着，飞艇像一片树叶那样在空中飘荡不定。几小时后，风停雨息，飞艇抛落在一片沙滩上。飞艇上只有谢尔盖一人。被飓风折磨得精疲力尽的谢尔盖深为同事的安危而担忧。

被飓风袭击过的考察队营地，一片劫后荒凉的景象：气象站仿佛被牛舌头舔过一般，所有仪器都横卧在地上，三吨重的充气结构实验室被刮到 300 米远处……巴尔托忧心忡忡地望着这一切，但最令他担心的是在外考察的同事的安危。

不久，外出考察的人陆续回来了。正当大家为还未归来的谢尔盖和阿赫默德担心时，谢尔盖拖着疲惫的身子出现在巴尔托面前，吃力地说："队长，事情……事情不好，阿赫默德他……失踪了。"

半分钟后，几只小飞艇先后腾空而起。不久，飞艇就降落在那片砂砾上，经过一个小时搜寻，毫无结果。但当他们搜寻到一片沼泽地时，

终于在一条齐腰深小河边的沙滩上，发现了一些人的光脚脚印。脚印一直延伸到河中。

"看来他是往小河里走的，那么又走到哪里去了呢?"巴尔托注视着小河喃喃地说道。

"会不会有人把他拉向水里? 或许……"

"啊! 这……"随队医生玛申卡的惊叫声打断了谢尔盖的话。玛申卡蹲在沙地的脚印旁，恐惧地说:"你们怎么没有看见，这根本不是阿赫默德的脚印，这些光脚脚印都有着六个脚趾呢!"玛申卡的话不仅给继续寻找阿赫默德蒙上了阴影，而且还增添了对 α 星球的神秘感。

次日，寻找阿赫默德的努力还是徒劳。营地里，疲惫不堪的人们默默地坐着谁都不愿说一句话。

巴尔托心事重重地想着:阿赫默德到底到哪里去了呢? 河边六个脚趾的脚印又是谁的呢? 原先认为 α 星上没有"人"居住，现在看来是错误的。毫无疑问，沙土上的脚印是两脚动物留下的。会不会是那位"堂·吉诃德"老人?

十分钟后，巴尔托等三人乘小飞

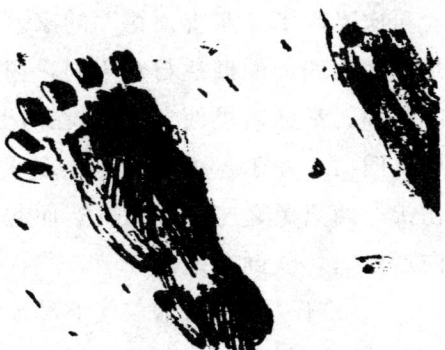

艇再次光临了"堂吉诃德"的家。不巧，老人又不在家。突然，他们发现老人家四周的栅栏与众不同，栅栏上绕着带刺的细枝，而且所有的刺不朝外，都朝向里面。"这是在防卫谁呢？"谢尔盖自言自语地说，为了弄个明白，谢尔盖蹲下身子，双手拨开树枝，将头伸了进去……突然，仿佛有两只黑翅膀从草地腾空而起，向谢尔盖袭来。他惊叫一声，立即向后倒退，跌倒在地。

"一个怪物！"谢尔盖气咻咻地说道。

"怪物！"巴尔托一边惊叫着一边拿起激光枪对准栅栏，但栅栏内静悄悄的，只见一只绿色的球在地上缓缓地滚动。他们立即从惊慌中醒悟过来，阿赫默德会不会给这个怪物吞没了。于是，他们急忙回到小飞艇，巴尔托立即命令：所有人暂停外出。

阿赫默德在长时间昏迷后，慢慢苏醒过来。他竭力回忆自己所经历的一切。渐渐地，他想起了飓风，……真幸运，自己还活着。他挣扎着抬起身来，突然，他看到一番惊人的景象：

在离他不远的一块低洼地上，中央躺着几只大绿球。球的周围聚集着许多奇形怪状的人，他们随着不太悦耳的音乐翩翩起舞。不久，跳舞停止了，星球人围成一个一个小圆圈，同时响起了嚓嚓声。当他们散开时，地上绿球不见了，星球人似乎在吃着什么东西……看了这些，阿赫默德全身的血液沸腾起来，眼前这些人不就是地球人类长期来想要发现而

一直没有发现的外星人吗。夜幕来临了，阿赫默德突然感到必须立即把这一惊人消息告诉巴尔托。就在他挪动身子准备站起来时，不小心碰了一块石头，这块石头竟向聚集着星球人的洼地滚去。阿赫默德感到事情不妙，拔腿就跑。当跑到河边时已精疲力竭，一阵头晕目眩就摔倒在水中，朦胧中，他感到星球人已迫近河边……

夜幕笼罩了考察队的营地。突然在远处有一束一束激光划破天空。巴尔托意识到发生了意外的事情，他立即组织大家乘小飞艇飞往出事地方。不久，他们发现在那闪闪发光的地方正在进行一场激烈战斗。小飞艇一只一只地降落在平地上，强烈的灯光把四周照得通明。一幅激烈的场面展现在他们面前：堂·吉诃德老人手握激光枪朝着一个方向射击着，他旁边躺着阿赫默德。在小飞艇的强烈灯光照射下，星球人后退了。大家把阿赫默德抬上飞艇后，却发现老人已不辞而别了。"真是一位奇怪的老人……"巴尔托沉思着。他决定向地球调查一下老人的情况。

那场战斗给考察队带来了麻烦。星球人包围考察队的充气屋子，他们手持长矛准备发动进攻。巴尔托命令大家不要开枪，同时打开所有探照灯，放掉所被捉的绿球。在强烈的灯光下，星球人渐渐退去了。

几天后，巴尔托终于取得了星球人的信任，并同他们进行了广泛接触。通过了解才知道这绿球是他们的唯一食物，它的骨头可制成再生药水。自此以后，考察队营地热闹非凡，时常有星球人来访。考察

少年科幻大世界丛书

队员们更关心的是这位怪老人的身世。在一个静谧的夜晚，他们收到了地球的回电："……住在α星上的老人叫詹·威廉·里特，84岁，一级星际飞行员，医学、生物学博士。早年就飞行于火星、金星、冥王星之间……他曾发表过《论人体器官和组织再生》等论文。里特为了实现自己的观点，使自己在一次偶然的事故失去的右手再生，独自飞往α星，后失去了联系……"

正当大家聚精会神听地球的回电时，突然怪老人又出现在他们的门口，霎时大家蜂拥而上，紧紧抱住这位α星球的真正发现者。里特在队员们的热烈拥抱中流下了幸福的热泪。

［苏联］费尔索夫　原作
李　华　改写
钱逸敏　插图

174

失踪者的下落

一、第一个事件

斯基姆靠自己的一辆车干起了出租汽车这一行，是一名个体户出租车司机。

一天晚上，斯基姆驾驶着那辆破车，到斯莱德街上去揽客。一位矮小壮实的绅士举起手杖叫住了他的车。

绅士长着一张丰润的脸，脑门下有一对细小的眼睛。他不住地摇头晃脑，一个劲地自言自语。世上真有这种怪人。

如果斯基姆是一位善于读报的人，能够经常把乘客扔在座位上的报纸拿来，从头到尾，仔仔细细地看上一遍，也许他会认出这位绅士的脸来。可是斯基姆光是翻来覆去看些职业棒球赛和篮球赛的报道，一有乘客他又开车了，没时间注意其他消息。所以，斯基姆并不知道这位绅士是个非常奇怪的人物哩。

美国的科学家们只要提到这位人物的大名，毫无例外地会显出一副古怪的表情，然后苦笑一声。这位绅士名叫伯因塔——哲学家兼物理学家伯因塔博士。

这天，博士去斯莱德街拜访他唯一的知友麦克法登教授。在教授家，他尽情地大谈起难懂的深奥的理论。谈完，他走出教授家的门，正好遇到了斯基姆这辆车。街上行人稀少，灯光昏暗，所以伯因塔博士坐上车时没有人看到。

伯因塔博士坐在车里心情十分愉快。他压根儿没注意到他那条裤子的命运，独自一个人兴致勃勃地讲着在教授家已经阐述过的那一番崇论宏议。

"很好。教授，我们的想法是绝对的真理。"

博士竖起食指盯着想象中的教授。

"现实世界是由两种空间结构重叠而成的。除我们以外，有一部分人也说过双重世界。那就是宗教家。他们称另一个世界为灵魂超度的世界啦等等，都是些难懂、毫无意义的词儿。但是，我们是科学家，不能像宗教家那样含糊其词地解释世界。

"一般来说，人们肉眼看到的世界叫做三维空间。这是一个常识。但是，与这个空间相重叠的还有一个四维空间。唔，可以把它暂时叫做透明空间。所以，教授，假如你是数学家，按照数学理论你当然明白：四维空间——这个看不见的世界的确是存在的。是吧，教授，看来你并不反对，嗯？"

"你去哪儿？往哪个方向……"斯基姆慌忙回头看看乘客。

博士正在起劲地用手比划，醉心于一问一答。

斯基姆歪了歪头嘟哝道："应该先去医院治治脑子，这个无可救药的老头。"

车子驶过巴侬街，从迪尤普蒂街穿了出来。斯基姆又一次回过头去看看后座：博士仍在发笑，一个人争论着。

"怎么样，麦克法登教授。一个人想要成为透明人该怎么办？吃药？这种方法已经过时了，都老掉牙了，而且不合乎逻辑。宗教中的灵魂之说也只是一种愚不可及的错觉。四维空间这个看不到的世界，瞧，就在这儿——和我们在同一空间中共存。看我，啰啰唆唆口若悬河。你还没搞懂吧，教授？唔……如果你一定想知道得清清楚楚的话，那我就……"

车子拐过布里斯大街，红灯亮了。斯基姆刹住了车。

从反光镜里望去，乘客不见踪影了。

"哟，怎么啦？"

斯基姆以为乘客躺在座位上了。他回头一看：怪了，座位上空无一人……。乘客仿佛不翼而飞了。

斯基姆把车开到马路边上停下，细细地把后座看了一遍，还是没有人影儿，可车门却是紧关着的。

"嘿，坐了车不付钱！"

然而，事情毕竟太怪了。乘客是在什么时候，靠什么方法逃走的呢？简直比魔术师还要高明。

斯基姆在车的后座位上，出乎意料地发现了许多物品。这些全是乘客——伯因塔博士留下的：

1. 镀金怀表 1 个；

2. 银币、镍币、铜币共计 87 美元；

3. 折叠小刀 1 把；

4. 鞋带扣眼 12 只；

5. 金丝边眼镜 1 副；

6. 拉链齿 147 只；

7. 鞋带头 4 只；

8. 皮带扣 1 只。

其他还有些不值钱的零碎东西。在上面这张清单中列举的东西，只有头 3 件是较值钱的。而且，第 1、2 两件东西仿佛是在替乘客辩护：他并非想白乘车。后排座位上还留下了一块不太干净却非常柔软的麂皮。

斯基姆不明白乘客是怎样离去的。反正他还留了些值钱的东西。于是斯基姆便把镀金怀表和 87 元钱塞进了口袋。那块镀金怀表当晚就在停车场低价卖给了一位朋友。剩下的要算麂皮最有用。斯基姆把它铺在后排座位上，代替了原来的一块垫布。这一来，甚至还遮去了几处破绽。

斯基姆虽然觉得这件事十分奇怪，可并没放在心上：因为他没吃什么亏。斯基姆甚至没想一想这件事是否算得上是一个事件。但是，人毕竟是失踪了。

二、从第二个事件到第三个事件

第二天早晨，斯基姆照常驾驶着他那辆心爱的汽车在街上到处奔波。思茜妈站在人行道上，眼睛直盯着他，举着一只手。

"思茜妈，早上好。去那里？"

"去超级市场！"

车子向前驶去。

思茜妈经常来搭斯基姆的车，从来不曾付过钱。斯基姆既赚不到这份钱，而又白费了时间，所以一路上不想说话。

"思茜妈，到了。你走好……"可是当他转过脸去时，后座上空无一人，斯基姆不禁倒抽了一口冷气。当车一直驶进了附近的一个冷落无人的森林公园，他才微微喘了口气。

他朝四下打量了一会儿，跨出了车门，又一次向周围张望了一下，然后爬进后座。

后座上有一把镍币共17美元，1只擦伤并有点脏的结婚戒指，1个空口红盒，还有些零散着的发夹和别针。座椅下滚落着一双鞋，这

是思茜妈脱下的。座位上仍旧铺着昨天那位奇怪的绅士留下的麂皮。

"即使想白搭车也用不着脱了鞋赤脚溜走啊。"斯基姆嘴里发牢骚，但心里却十分不安。

昨晚，在交叉路口，那矮小壮实而又淘气的绅士可能就在停车时抓住机会溜走了。

而体胖腰粗的思茜妈足有车门那么宽，她能像昨天那位魔术师绅士那样机灵地"不告而别"吗？

斯基姆从口袋里掏出一块手帕，把婶母留下的鞋子、戒指、钱、发夹、别针，一古脑儿包了起来。

"去洗洗脸，在这种莫名其妙的怪事上白费脑筋，真不值得！"说着，他朝喷水池走去。

洗完脸回到汽车里，斯基姆后座上坐着一位带呢帽的男人。他用不容争辩的语气对斯基姆说："喂！小伙子，开车！"

"您上哪儿？"

"别啰唆，快开！"

一件冷冰冰、硬梆梆的东西顶在斯基姆的背上："笔直朝前开，不许声张！"

后背上那令人毛发直竖的金属物件顶得更紧了。斯基姆心慌意乱发动了发动机。在这性命攸关的时刻，他顾不得别的了。车，疯狂地朝前奔驰，直到他们穿过市区来到郊外后，斯基姆才下了决心从喉咙里挤出了一句话："先生，我只是

个老老实实干活的人，这点小事，您就行行好吧。"

没有回答。

"别刁难我了吧，啊？"

斯基姆回头一瞧，后座上又没了人影。他把车停下，检查了后座。同往常一样，后座上留下了各种物品：17个手表，8个戒指，1块纯银一般的白玉，1只嵌有宝石的项圈，还有1件新奇的东西——2颗大金牙。

这天，斯基姆没心思再工作了。他惶惶不安地回到了住处，进门后上了锁。随后，他双手抱着脑袋痛苦地叹息道："啊，我什么都不知道。我可没有犯罪，这不是我干的。是不是要报告警察？警察局有个叫鲁登的家伙，心眼儿

坏透了，有一次因为车门没关紧，乘客不小心给门弄痛了小指，鲁登就说：'这次你的车有故障，要吊销你的驾驶执照'。"

斯基姆揪着自己的头发大声叫着："谁，谁都别来刁难我！"

三、事件扩大了

第二天一早，思茜就挂来了电话。她一边哭，一边气急败坏地说："斯基姆，我妈不见了，你大概知道她的下落吧？"

"你说什么？"斯基姆感到有些呼吸困难。

"我妈对我说，等斯基姆的车开过时，她叫住你搭车去市场。"

"姆母的事我一点都不知道。"

斯基姆挂断电话冲出了房间。时间是上午9点。

10点半左右，来了一位乘客。斯基姆驾驶着车，背上感到阵阵发冷，手脚在不停地颤抖。

这位乘客遭到了同样的命运：失踪了。他的身影像一缕烟似地飘散了，仿佛是在施用一种难以解释的隐身术……后座上照例少不了留些纪念品下来。

已是上午11点多钟了。斯基姆的车在倾盆大雨中行驶。他的牙齿不停地咯嗒咯嗒打架，怎么也止

不住。

前方停着一辆警察巡逻车，车顶溅起阵阵雨花。鲁登警官从车窗里伸出一张脸，用挑剔的目光注视着开过的每一辆车，看他们是否遵守交通规则。

斯基姆坐在车里手向后座摆摆，在鲁登的车旁飞驰而去。

其实，车中并没有乘客，由于雨下得很密，鲁登没有看见。如果把车停下来对鲁登说上几句恭维话，万一他心血来潮往车里瞟一眼，事情就麻烦了。乘客在车上留下的东西太多了。车上有 4 只皮箱，1 只书箱，3 双女皮鞋，18 束红蔷薇，1 只去毛鸡，1 只奶粉罐，1 捆样品纸。此外，斯基姆的口袋里还有些金属物品在叮当作响：男女手表共 18 块，戒指 4 只，手镯 11 个，尽是些难以处置的、可怕的遗留物品。

斯基姆感到太可怕了。下午他不出车了，否则，车里又要增加东西了。没有失主的各种物品被扔进了衣橱。衣橱

185

里已塞满了失踪者的行李。照这样下去，不出1个月，斯基姆就得租一幢房子来存放这些行李了。

斯基姆从乘客每次都要留下的钱中如实地扣除他们坐车应付的那部分钱。如不这么做，自己就得饿死。另外还有个理由，就是他还得把生意做下去。

第三天的晚报上，用大字标题登了一条消息：市内52人去向不明，是鬼怪作祟？

消息说：至今没一点线索。在去向不明者名单里，思茜妈的名字排在最前头。

隔日一早，报纸又以醒目的标题写道：现已查明，失踪者都是乘了出租汽车后去向不明的。必须抓到那辆可疑的车和驾驶员。

这一天，斯基姆一点活儿都没干。因为报上登了那条消息后，人们

都不敢坐出租汽车了。

傍晚时分，一位男人叫住了斯基姆的车。

四、是侦探？还是警察？

这是个胖乎乎的男人，细细的一双眼睛老是向上翻动。他朝斯基姆和那辆车仔细地打量了许久，看上去似乎心怀鬼胎。他没好气地说："到布希街拐弯处。"

那人上了车后，摊开了一份报纸。"喂！司机，你这辆车不就是魔鬼车吗？"

"你什么意思？"

"报上这样写着，我读给你听：当局正在调查71名失踪者。在这些失踪者当中，没有一个人具备非得把自己藏匿起来的理由。据已查清的事实，这些人都是坐上出租汽车后失踪的。"

"杀人？为什么要杀人？"斯基姆噘起嘴追问道。

"这个嘛，眼下还不清楚。现在的这桩案件，我看你是知道些的，对吧！"那人像事先准备好似的，直截了当地把话亮了出来。

"你大概还想说我是犯人吧？你到底……"斯基姆突然醒悟过来，这人是个侦探。他装成乘客，其实是在搞侦查。警察大概已经注意到了一个共同的现象：失踪者乘的车都是破烂车。

搜索网已经逼近了。

斯基姆装出非常气愤的样子，默不作声只管开车。他想尽快到达目的地，好把这人甩掉，可是手脚却在不停地发抖。

看得见布希街的拐角了。斯基姆松了口气。但这时，前面不知出了什么事，围着一大群人在观看。警官正在驱散看热闹的人。路上停着一辆大型警车，还有一辆巡逻车。也许是警车出事故了。

警车停在路上，挡住了斯基姆的去路。他放慢了车速想把车停下，让乘客下车去。

这时，有几名警察迎面走过来："喂！车朝前开！朝前开！"

警察挥动着手臂。斯基姆放慢了车速，向警察喊道："不用啦！警官先生。客人就在这儿下车，我马上调头回去。"

"慢点！你别走!"

旁边突然窜出一名警官，正是那讨厌的鲁登警官。

"你说什么？客人在这儿下车？人呢？喔，是你呀，斯基姆。"

斯基姆回过头去，后座上空无一人。缝补好的麂皮上留下了手表、

钢笔套、银币 75 元、拉链齿、皮带扣。

鲁登朝警官打了个手势，敏捷地跳上了斯基姆的车。

"到警察总部！事件一发生我就怀疑你了。我们有个证人看见思茜妈坐上了你的车。我还可以给你看些另外的证据。好，开车！路上可别给我添麻烦。"

一辆警方的巡逻车紧跟在斯基姆的车后。

"我可没干坏事，乘客都是自己失踪的。我才是陷进这种阴谋中的真正受害者哩！"

不管斯基姆说什么，鲁登一声不响。

在这种时候，警察总是一句老话："要哭上总部哭去吧。"

鲁登如果还坐着，他当然会说这句话。然而很遗憾，他已经失踪了。后座上留着一些警察常用的东西：证章、手枪、警笛、手铐……

斯基姆调转车头朝自己的住处驰去。警车在后面紧跟不舍。一到住处，警察便蜂拥而入。在衣橱里，警察搜出了许多属于乘客的物品，证据十分充足。

"我确实什么都没干，压根儿我不知道这是怎么回事？"

警察总部审理斯基姆时，他就这么一个劲地申辩。最后，法庭判决的日子终于来到了。

斯基姆请的辩护律师真能干。

"你们说斯基姆有杀人嫌疑，证据何在？说他是强盗，曾威胁乘客，要他们把随身物品都留下，有没有证据？如果真的有人被斯基姆抢劫过，那么请此人出庭作证。如果说斯基姆没抢劫而是偷窃，那么有人前来报过案吗？事情很清楚：斯基姆是清白无罪的。"

判决无法进行下去了。

报刊、杂志登满了推理小说家和一般市民对本世纪的这一奇案的各种各样推测……但是，斯基姆到底是有罪还是无罪，实在难以确定，最大的障碍就是没有证人。现在，只有等待证人出现。只要证人能提供一点线索，事情就好办了。

这样的证人有吗？看来没希望。——然而，证人倒真的

出现了。这人就是最后的失踪者鲁登警官。鲁登在这个世上重现了。

五、有罪？无罪？

鲁登一回到现世，就急匆匆地跑到了法庭。

在法庭上，他作为一名证人发言：

"诸位，我万万没想到自己会成为这一奇妙事件的受害者。警官自

己也遭受这种事，实在令人伤心，而且有失体统。这且不去谈它。下面我想原原本本讲讲我所经历过的事。

"事件一发生，我就认为斯基姆这个人十分可疑。于是，我找了一名平时很熟悉的侦探，叫他乘上斯基姆的车，到布希街来一趟。我料到，途中准要出事。所以，我便埋伏在布希街……"

庭长打断鲁登的发言，提醒他注意："等一等！证人不需谈及搜查的方法。你应当详详细细地说明：你是如何——即斯基姆对你怎么一弄，你就从车上消失了。"

"是，是，我就谈。"

没有证人！

鲁登提了提马上就要脱落下来的裤子。裤子上皮带扣没了，制服上也不见一粒钮扣，警官的证章不翼而飞，一副狼狈样子。

"在布希街我们布下了天罗地网。果然不出我所料，那侦探早已被斯基姆在某处给神秘地收拾掉了。我立刻跳上斯基姆的车命令他：'到警察总部！'我坐在后座上，目不转睛地盯着斯基姆。就在这时，该怎么说呢？一刹那间，我被抛到了马路上！那座位下肯定是有个'陷阱'。我心想这小子干得真不赖！我立刻爬起身来朝后面的巡逻车使劲挥手。"

鲁登奇怪地扭了扭脖子。

"可是，巡逻车理都不理，唰的一下子从我身边开了过去。详细的我不谈了。总之，我成了一个看不见的人，一个透明人。"

"斯基姆没给你灌过什么药吗？当然，不是吃了什么就会变成透明人的药。我说的是吃了让人头脑失常的药。"检察官问道。

"没有，检察官。他既没有给我吃过药，也没让我吸过有毒气体。"鲁登伤心地回答。

警官立刻对斯基姆的破烂车进行了检查。后座拆开，露出了铁的框

架和弹簧。然后，警察又用锤头在各处敲打，甚至对车的结构也做了调查。可是，他们并没有发现鲁登所说的"陷阱"。

参加调查的警察署长低声骂道："鲁登这家伙头脑不正常，不能再当警官了，必须立刻把他开除掉。"

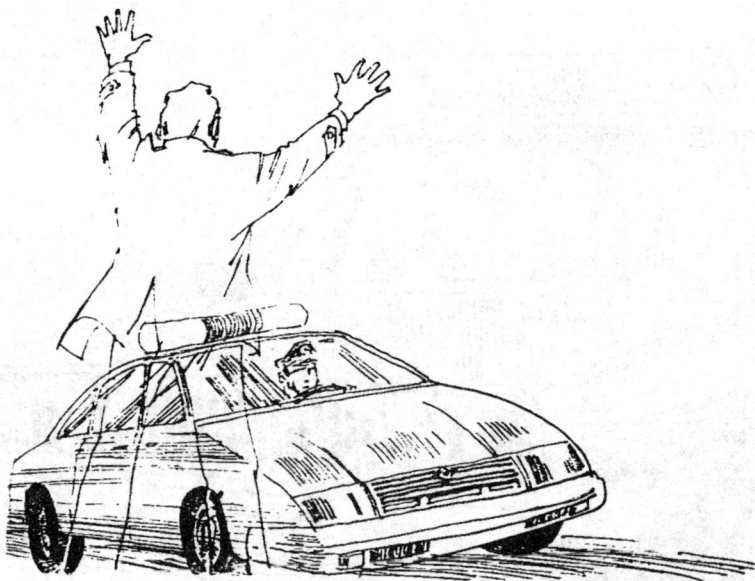

　　但是，鲁登并没有被开除。这多亏第二个证人的及时出现。这个证人就是鲁登所熟悉的那个侦探。

　　这名侦探赶到法庭，马上出庭作证：

　　"当我清醒过来的时候，我已经滚落在离布希街拐角较远的马路上了。我爬起来后，朝布希街拐角飞奔而去。这时鲁登已抓住了斯基姆。我急忙对鲁登说：'喂，等一等，事情怪极了。斯基姆既没有威吓我，

也没有对我使用暴力。'鲁登似乎看不见我，也听不到我的声音。我又抓住另一名警官的手说：'听我讲！'我使劲把他一拉，想让他转过来。可是……我似乎变成了一股烟，一团气了。那警官身子一动也没动，迈着大步走开了。

"我心神不定起来，一看自己的手、脚、身体，都不知哪儿去了。我成了一个透明人。

"成了这模样，实在是没办法。后来，我钻进了汉德逊河边一个放置游艇的小屋内。整整 4 天，我躲在小屋内凝视着自己那看不见的手脚。

"大约 2 小时前，我的身体就像照片显影般的渐渐显出图画那样，隐隐约约露出了原形。开头，身体的颜色很淡；后来越来越深，变回同过去一样的人。"

法庭无法审理这一案件。庭长宣布休庭。然后，他抱着脑袋走进了休息室。

失踪者陆陆续续回到了现世。他们说的情况和鲁登，还有那个侦探说的完全相同。最后，思茜妈也奇迹般地出现了。她在人群熙攘的超级市场货柜前，犹如耍印度魔术一般——说实在的，购物的人群中，谁也没见过这种印度魔术——由透明变成非透明，随后清清楚楚显出了

原形。

思茜妈的出现又一次证明：迄今为止，证人所讲的证言是真实可靠的。法庭和警方都认为手头的这桩案件，是一个无法了结的谜。他们都在盘算要从这一事件中脱身出来。幸而，那些曾一度失踪的人都已经回到了现世。

不！实际上，只有两个人没对警官说他们是如何回到现世的。

其中一个是用手枪顶住斯基姆的强盗，一个便是最早失踪的乘客——伯因塔博士。5月14日夜晚11点28分，博士重返现世。他怎么知道那么精确的时间呢？原来，他是在一个交叉路口现出原形的，那儿正好有1只挂钟。

博士最后一个从失踪者的行列里回到了现世。他三步并作两步赶回了自己的家。门边积着11天的报纸。

"哈哈！想不到引起了那么大一场骚乱。"博士得意地说。

第二天，博士又去斯莱德街拜访麦克法登教授。在大门口，博士手按门铃，用谆谆诲人的语调对自己说：

"决定了，保持沉默！好吗？伯因塔，别走漏了嘴，一定只字不提那事件是由我引起的。"

教授出来迎接博士，把他领进了屋内。教授笑嘻嘻地问道："亲爱的伯因塔，我听到魔鬼出租汽车事件后，想找你，听听你的见解，可怎么也联系不上。莫非你也被魔鬼车拐跑了？你上哪里去了？你也许能解开这个谜吧？我一直等待着你，想聆听你的高见。"

经教授这么一恭维，博士圆圆的脸上布满了笑容。方才在大门外对自己下的"禁令"，已忘得一干二净了。

"唔，那个事件的全部秘密都在一张麂皮上。车上应该还留着那张麂皮。"

"麂皮？我不懂，报上根本没说到有一张麂皮。"

"也许吧。只有我一个人知道：事情的确是由麂皮引起的。好吧，下面我就开始解释。在世界上，人所能看见的一切固体——液体也罢——其结构是怎样形成的呢？不必对此详加说明了吧。从根本上来说，应归结到原子。

"原子究竟处于什么状态呢？犹如地球和火星等星球，在做自转运动的同时又围绕太阳做公转运动那样，电子环绕原子核的周围旋转。电子与原子核之间是有一定的间隔的，这和太阳与地球、金星、火星之间有间隔一样。

"在 1 英寸（1 英寸＝25.4 毫米）长的物质里，大约排列着 1 亿多个原子。原子极其微小，但用特殊的显微镜还是可以看见它的。每一个原子之间都有间隙，世界上所有的物质都是由原子构成的。明白了吗？教授。很久前我一直在思考一个问题：既然原子中充满了空隙，那么一种物质与另一种物质相遇时，是否会相互穿透，但并不改变两者的形状呢？

"于是，用我长期研究取得的科学成果，对一张麂皮进行了处理，使它带电，具有磁性。"

"你这番话能令人相信吗，博士？"

"信不信全由你。

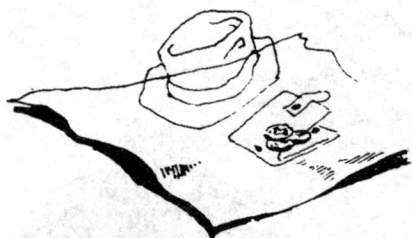

我是按自己所相信的理论，用麂皮做了试验。我把帽子和钱包放在麂皮上。过了一会儿，帽子和钱包都消失了，只留下金属搭扣及钱包里的货币了。金属看来难以穿过。

"帽子和钱包跑到四维世界——

我记得曾同你谈过这件事——即我们的肉眼所看不到的世界里去了。当然，要是你没亲自到过那个世界，你就不会说真有其事。"

"这么说，你是做过人体实验，去那个世界看过的罗？"教授紧接着问道。

只见博士得意地微笑着，从椅子上站了起来。"今天就谈到这儿为止吧！"

伯因塔博士离开了教授的家。

从此以后，博士便失踪了。博士进行了第二次实验。虽然他是用自己的身体来做实验，但不知出了什么差错——或许，按理论来说命该如此——他再也没有重返现世。也许他是永远留在四维世界里了。

那张麂皮，在法庭进行调查时，被无缘无故地从座位上剥了下来，扔进了垃圾箱。从此以后，再也没有人知道它的命运了。那张麂皮是有十分神奇的功能的。

[日本] 龟山龙树　原作
吴晓枫　改写
仁　康云华　插图